रात के मुसाफ़िर

उदयन वाजपेयी

प्रथम संस्करण: 2022

ISBN: 979-8-88883-255-4

मूल्य: ₹ 99/-

प्रकाशक: प्रतिबिम्ब, नोशन प्रेस का उपक्रम
संपर्क: नोशन प्रेस,
7, मांटिएथ रोड
एग्मोरे, चेन्नई, तमिलनाडु — 600008

Raat ke Musafir

Novella by Udayan Vajpeyi

उदयन वाजपेयी

4 जनवरी, 1960, सागर में जन्म। 'कुछ वाक्य', 'पागल गणितज्ञ की कविताएँ' (कविता-संग्रह), 'सुदेशना', 'दूर देश की गन्ध', 'सातवाँ बटन' (कहानी-संग्रह), 'चरखे पर बढ़त', 'जनगढ़ कलम', 'पतझर के पाँव की मेंहदी' (निबन्ध और यात्रा वृत्तान्त), 'अभेद आकाश' (फ़िल्मकार मणि कौल से बातचीत), का.ना. पणिक्कर पर थियेटर ऑफ़ रस और रतन थियाम पर भव्यता का रंगकर्म का लेखन। 'वी ऑविज़िब्ल' (फ्राँसीसी अनुवाद में कविता-संग्रह), 'मटमैली स्मृति में प्रशान्त समुद्र' (जापानी कवि शुन्तारो तानीकावा की कविताओं के हिन्दी अनुवाद), संकलित कहानियाँ 'रेत किनारे का घर' और बच्चों की किताब 'घुड़सवार' प्रकाशित। हाल में पहला उपन्यास 'क़यास' और संकलित रचनाएं 'दस्तकें' प्रकाशित। कृतियों के अनुवाद तमिल, बांग्ला, ओड़िया, मलयालम, मराठी, अँग्रेज़ी, फ्राँसीसी, स्वीडिश, पोलिश, इतालवी, बुल्गारियन आदि भाषाओं में। कुमार शहानी की फ़िल्म 'चार अध्याय' और 'विरह भर्यो घर-आँगन कोने' में लेखन। का.ना. पणिक्कर की रंगमण्डली 'सोपानम्' के लिए उत्तररामचरितम्, अभिज्ञानशाकुन्तलम् की हिन्दी में पुनर्रचना, उन्हीं के साथ कालीदास के तीनों नाटकों के आधार पर संगमणियम् का लेखन। 2000 में लेविनी (स्वीट्ज़रलैण्ड) में और 2002 में पेरिस में 'राइटर इन रेसिडेन्स', 2011 में नान्त (फ्राँस) में अध्येता की तरह आमन्त्रित। मई 2003 में फ्राँस के राष्ट्रीय पुस्तकालय में भारतीय कवि की हैसियत से व्याख्यान। रज़ा फ़ाउण्डेशन और कृष्ण बलदेव वैद पुरस्कार से सम्मानित। गाँधी चिकित्सा महाविद्यालय, भोपाल में अध्यापन।

ख़ालिद जावेद के लिए

भूमिका

जाने से पहले वे हमारे महाविद्यालय में शल्यचिकित्सा में उच्च अध्ययन कर रहे थे। उन्होंने कई हफ़्तों तक चिकित्सकों की हड़ताल का नेतृत्व किया था। पूरे महाविद्यालय और उससे जुड़े अस्पताल में उनका दबदबा था। मैंने उन्हें सिर्फ एक बार महाविद्यालय के बाहर देखा था। उस दोपहर वे ब्रितानी पुस्तकालय में एक रैक से जेम्स ज्वायस का कहानी संग्रह 'डब्लिनर्स' निकाल रहे थे। एक दिन अचानक वे महाविद्यालय के मेरे कमरे में आये और अपने लिखे कुछ पन्ने मुझे दिये। वे बिलकुल काफ़्का की शैली में लिखे हुए थे। इसके बाद से वे मेरे पास आने लगे। उस दिन पूरे चन्द्रमा की रात थी। हम घर के बाहर के छोटे-से पार्क में घूमने लगे। हमारी परछाइयाँ कभी हमारे आगे चलतीं, कभी बग़ल में, कभी पीछे घास पर फिसलती साथ चली आतीं। वे अपने उस टूटे प्रेम की घटनाएँ सुना रहे थे जिसके बाद वे भीतर ही भीतर बिखर गये थे, उनके स्कूल में हुए प्रेम का विवरण। कुछ दिनों बाद उन्होंने आत्महत्या कर ली। वे घटनाएं मेरे ज़ेहन में घास के तिनकों की तरह फँसी रह गयीं। मुझे रह रहकर उन्हें रूप देने की इच्छा होती पर वह पूरी हो नहीं पातीं। तब बीस साल बीत गये थे, उनका प्रेम एक धुँधली-सी कहानी की शक्ल लेकर मेरे सामने आ गया। अगले कुछ एक बरस मैं उसे समय-समय पर लिखता रहा। पाठक लक्ष्य करेंगे, इसकी भाषा पर मेरे उर्दू प्रेम का कुछ ज़्यादा ही असर हुआ है।

शायद इसलिए क्योंकि ऐसे निष्ठुर माशूक़ के चेहरे उर्दू शायरी में लगातार पेश आते हैं। इसका अन्तिम वाक्य फ्रांस के नान्त शहर में उस लुआर नदी के किनारे लिखा गया जो समुद्र में ज्वार आने पर उलटी बहने लगती है।

इतना सिखाया है
यह भी
तुम्हारे निकट आने के
रास्ते कहाँ हैं?

गाथा सप्तशती

पासपोर्ट अफ़सर हाथ में पासपोर्ट लेकर देर तक मेरे चेहरे को देखता रहा। मेरा मन हुआ कि कहूँ, 'जनाब आप ऐसे क्या देख रहे हैं, न मैं दहशतगर्द हूँ, न तस्कर!' वह तक़रीबन तीन फ़ुट ऊँची प्लास्टिक की दीवार से घिरे क्यूबिकल में बैठा है। उसकी आसमानी क़मीज़ का गला गहरी नीली टाई से बँधा है। सिर के हर बाल को मानो अलग से तेल में लपेटा गया हो। वे पीछे की ओर जाते हुए जम गये हैं। उसके सिर के ज़ोर से हिलने तक से टस से मस नहीं होते। मुझे कुछ देर घूरना उसकी ड्यूटी में शामिल है। शायद इसमें यह उम्मीद छिपी है कि उसके घूरने के ज़ोर से मेरा असली चेहरा बाहर आ जायेगा। उसके घूरने से सचमुच मेरा असली चेहरा बाहर आ गया। यह एक थके हुए उपन्यासकार का चेहरा था, जो अपना अधूरा उपन्यास कन्धों पर धरे दुनिया के इस से उस छोर बरसों से भागता फिर रहा था। कमबख़्त उपन्यास तब भी पूरा होने का नाम ही नहीं ले रहा था।

'आप कहाँ जा रहे हैं?'

मेरे असली चेहरे को देखकर वह सख़्ती से बोला। कमाल का आदमी है, मुझे इतने शुबहे से देख रहा है और इसी की नाक के नीचे से सैकड़ों लफ़ँगे बेसाख़्ता निकल जाते हैं।

'वहाँ लिखा तो है!'

मेरे मुँह से निकल गया। जैसे ही इस जुमले को अपने मुँह से बाहर लहराते महसूस किया, मैंने अपनी जुबान काट ली। पासपोर्ट अफ़सर से कहीं ऐसे बोला जाता है? वह चाहे तो मेरी इस बेहूदगी के लिये मुझे हवाई अड्डे से ही वापस लौटा सकता है। फिर लाख सिर पटकने पर भी मुझे हवाई जहाज़ में बैठने की इजाज़त नहीं मिल पायेगी। वह इस इलाक़े का बेताज बादशाह है। बादशाहों से ऐसे बोल नहीं बोले जाते।

अब देर हो चुकी थी। तीर कमान छोड़ चुका था। यह बात अलग है कि वह चलाने वाले को ही घायल करने वाला था। मेरी घिग्गी बँध गयी। मैं कातर निगाहों से उस अफ़सर की ओर ताकने लगा। उसने आहिस्ता से अपनी नज़रें पासपोर्ट पर चस्पाँ मेरी तस्वीर से जुदा कीं, एक चमक-सी उसकी आँखों में इकबारगी ठहरी और बेहद महीन मुस्कान बनकर उसके चेहरे पर फैल गयी। वह बोला, 'अरे बता भी दीजिए, हमसे क्या परदा।'

मैं चौंक गया। मुझे उम्मीद नहीं थी कि इस ज़रा-सी क्यूबिकल में घण्टों मगजमारी करने वाला यह शख़्स अचानक इस क़दर ख़ुशमिज़ाज हो उठेगा। मेरे चेहरे पर उसके लिये कृतज्ञता के पनाले बहने लगे। मैंने उसकी ओर ऐसे देखा जैसे गाय का बछड़ा उस आदमी को देखता है जो उसे गाय के पास ले जाता है।

'पहले पेरिस जाऊँगा, फिर वहाँ से जिनेवा।'

उसने बिजली की फुर्ती से मेरा पासपोर्ट बंद करके मेरे हाथ में पकड़ाया और बोला, 'शुभयात्रा!'

जहाज़ के उड़ने में क़रीब ढाई घण्टे बाक़ी थे। मैं अपना बैग घसीटता हुआ पास के कॉफ़ी स्टॉल तक गया और कॉफ़ी का

प्याला लेकर कुर्सियों की कतार के किनारे जाकर बैठ गया। मैंने पास ही कुर्सी पर अपना बैग रखा, उससे किताब निकाली और आँखों पर चश्मा चढ़ाकर पढ़ने लगा। वहाँ यूरोप के अमरीका पर क़ाबिज़ होने का क़िस्सा बयान किया गया था। पंद्रहवीं सदी से लेकर उन्नीसवीं सदी तक कैसे इन लोगों ने अमरीका के नौ सौ ग्यारह करोड़ रेड इण्डियनों को तरह-तरह की हिकमतों से मार डाला था। कभी गोलियों से, कभी दिन-रात मशक्कत कराकर और कभी चेचक जैसी बीमारी के जराइम वाले कम्बल भोले रेड इण्डियनों को बाँटकर।

क़िस्से के हर नुक़्ते पर रुककर मैं सोचने लगता, जैसे साँस लेने पानी के बाहर आया हूँ। कुछ ही पलों बाद मैं वापस क़िस्से में गोता लगा जाता। 'सन् 1482 में इंग्लैण्ड के बादशाह सलामत हेनरी सात का हुक़्म जारी हुआ कि किन्हीं जॉन काबोट और उनके बेटे को यह हक़ दिया जाये कि अगर वे चाहें तो मश्रिकी, मग्रिबी और शुमाली दरियाओं के जिस किसी शहर, क़स्बे, महल, टापू या दीगर ज़मीन पर क़ब्ज़ा कर वहाँ अपने बादशाह का झण्डा फहरा सकते हैं। ख़ासकर उन जगहों पर जो ग़ैर मज़हबी और काफ़िरों की मिल्कियत है, फिर वे जगहें दुनिया में कहीं भी हों और जिन्हें तब तक किसी ईसाई ने खोजा न हो... बादशाह सलामत ने उन्हें यह हक़ अता किया कि काफ़िरों की ऐसी जगहों पर फ़तह कर, उन पर क़ाबिज़ होकर वे उन्हें अपने इख़्तियार में ले सकते हैं। शर्त सिर्फ़ इतनी है कि उन्हें अपनी कमाई का पाँचवाँ हिस्सा बादशाह हुज़ूर के ख़ज़ाने में पहुँचाना होगा।'

मुझे अपने बग़ल की कुर्सी से तेज़-तेज़ साँस लेने की आवाज़ आ रही है। पता नहीं क्यों, ऐसी जगहों पर मुझे किसी की भी ओर देखने में झिझक-सी होती है। सो मैं साँसें सुनता रहा और अपना सिर उस ओर मोड़ने से बचता रहा।

'...सन् 1625 में एक अँग्रेज़ पुराने अमरीका के न्यू इंग्लैण्ड इलाक़े में पहुँचा, उसने वहाँ से ख़त में लिखा... बड़े पैमाने पर यहाँ के निवासियों के ख़ात्मे में ख़ुदा की मर्ज़ी जान पड़ती है।' वह सोचता है कि इस सफ़ाये से यह इलाक़ा 'अँग्रेज़ों के बसने की ख़ातिर कहीं ज़्यादा मुफ़ीद हो गया है, ताकि वे यहाँ ख़ुदा की शान में गिरजे बनवा सकें।'

मैं घबराकर दोबारा क़िस्से से बाहर निकल आया। पास की कुर्सी से तेज़ साँस की आवाज़ आना बंद हो गयी थी। मैंने मानो अपने आप से भी छिपकर कनखियों से उस ओर झाँका। तीस-पैंतीस बरस का नौजवान कुर्सी के हत्थे पर सिर धरे सो रहा था। उसका एक हाथ सिर के नीचे था, दूसरा कुर्सी के नीचे झूल रहा था। उसके पैर दूर तक फैल गये थे। कपड़े क़ीमती लगते थे पर वे बदसलूकी के शिकार थे। वे उसके बदन पर ऐसे पड़े थे जैसे कोई हड़बड़ी में उतार कर उन्हें उस पर डाल गया हो।

उसके और कुर्सी के बीच उसका छोटा-सा स्याह बैग चुपचाप किसी बूढ़े अर्दली की मानिन्द खड़ा था। उससे पासपोर्ट और टिकट बाहर निकले पड़ रहे थे। मेरे जहाज़ के आने का वक़्त हो गया था। हवाई अड्डे पर उसका नम्बर पुकारा जाने लगा था। मैंने अपना बैग कन्धे के सुपुर्द किया, पासपोर्ट और टिकट हाथ में लिये और क़रीब ही लगी मुसाफ़िरों की क़तार में शरीक हो गया।

हमेशा की तरह मैंने खिड़की के पास वाली सीट ली थी। बैठने के बाद मैंने बाहर झाँका। रात घिर आयी थी, हवाई अड्डे की पीली रोशनी में जहाज़ का बड़ा-सा चमकीला पंखा भीग रहा था। नीचे फ़र्श पर अड्डे के तमाम मुलाज़िम बरसातियाँ पहने भागमभाग में लगे थे। दूर खड़े ट्रक पर पानी की बूँदें गिरती जा रही थीं।

मेरे पास की दोनों सीटें जहाज़ के भर जाने के बाद भी खाली पड़ी थीं। इससे मुझे ख़ुशी हो रही थी। अब मैं इन दोनों सीटों के हत्थों को ऊपर कर तीन सीटों पर फैलकर अगले सात घण्टों तक आराम से सो सकता था। मैं अपने सो सकने की ख़ुशी में डूबा ही था कि मैंने देखा कि मेरी सीट की क़तार से तीन-चार क़तार आगे से कोई उठा और मेरी ओर बढ़ने लगा। उसने मेरे पास आकर अपना बैग ऊपर दराज में रखा और मुझसे बोला, 'क्या मैं यहाँ बैठ सकता हूँ?'

उसके चेहरे पर गहरी संजीदगी का भाव था। वह चेहरा जाना-पहचाना-सा लग रहा था। हो न हो यह वही नौजवान है, जो कुछ देर पहले हवाई अड्डे पर मेरी बग़ल की कुर्सी पर सो रहा था। उसके इधर-उधर बिखरे बालों से उसके गोरे चेहरे का ऊपरी हिस्सा ढँका हुआ था।

'क्यों नहीं। क्या आपकी सीट यही है?'

मैं अपने सो सकने की गुंजाइश को इतनी आसानी से छोड़ना नहीं चाहता था। यह बिल्कुल मुमकिन था कि उसकी सीट कहीं और निकल आये और एक बार फिर से उन तीनों सीटों पर मेरा क़ब्ज़ा हो सकने का रास्ता साफ़ हो जाये।

'नहीं, मेरी सीट वहाँ आगे है, लेकिन अगर आपको परेशानी न हो तो मैं यहाँ बैठने की इजाज़त चाहता हूँ। मैंने एयर होस्टेस से पूछ लिया है।'

मुझे ज़रा मलाल हुआ कि फैलकर सोने का सुनहरी मौक़ा हाथ से निकला जा रहा है पर मैं चाहकर भी उसे वहाँ बैठने से रोक नहीं सकता था। यह शराफ़त का तक़ाज़ा नहीं था। इतनी महंगी टिकट

लेकर, फिर वह भले ही आपने अपनी गाढ़ी कमाई से न भी ख़रीदी हो, कोई भी शख़्स शरीफ़ हो उठता है।

मैंने पास की सीट से अपनी किताब और तमाम ख़्वाहिशें बेआवाज़ उठायीं और उसे बैठने का इशारा कर दिया। मुझे अब दोबारा तय करना होगा कि अगले सात घण्टों में मुझे क्या करना है। सोना तो अब क्या होगा। बैठे-बैठे ऊँघ भर लूँ वही काफ़ी है। किताब तुरन्त खोलूँ या जहाज़ उड़ने के बाद? बारिश में भीगते ट्रैक की हेडलाइटें जल उठी हैं, वह शायद चलने वाला है। बग़ल से उसकी आवाज़ आयी, 'आप कहाँ जा रहे हैं?'

मैंने उसकी ओर देखे बिना रटा-रटाया जवाब दे दिया, 'पहले पेरिस जाऊँगा, फिर वहाँ से जिनेवा।'

हज़ारों कोशिशों के बाद भी मेरी बेरुख़ी मेरी आवाज़ में लिपटकर बाहर आ ही गयी। वह उससे मायूस नहीं हुआ। उसने अपना हिफ़ाज़ती पट्टा बाँधा और बोला, 'कितने दिनों के लिये जा रहे हैं?'

उसकी आवाज़ में कुछ ऐसी शराफ़त थी कि मुझे अपनी बेरुख़ी पर शर्मिन्दगी हुई। मुझे लगा वह वाक़ई मुझसे बात करना चाहता है। कौन जाने वह पहली दफ़ा विलायत जा रहा हो, अपना ख़ौफ़ कम करने के लिये मुझसे बात करना चाहता हो। उससे बेरुख़ी बेजा है। मैं उसकी ओर मुड़कर बोला,

'शायद छह हफ़्तों के लिये। लेकिन कोई ठिकाना नहीं, हो सकता है हफ़्ते-भर में ही बोरिया-बिस्तर बाँध लूँ।'

उसकी आँखों में चमक आ गयी। शायद मेरे रुख़ में बदलाव देखकर। मानो उसे कोई छोटी-मोटी क़ामयाबी मिल गयी हो। वह फिर बोला,

'क्या आप कलाकार हैं?'

मैं चौंका। इसने कैसे जान लिया? दिल में कहीं गहरे यह ख़ुशी फैलना शुरू हो गयी कि यह मुझे जानता है। हिन्दी जुबान के अज़ीम फ़नकार को। न मालूम कितनी बार मैं इस ख़ुशफ़हमी का शिकार हो चुका हूँ। कितनी बार ख़ुद को समझा चुका हूँ कि आप ख़ुदाया यह मुग़ालता मत पालिए कि लोग-बाग आपको देखते ही पहचान लेंगे। देखते ही पहचान लिये जाने वाले कुछ और ही हुआ करते हैं, उनसे आपका दूर-दूर तक कोई मेल नहीं है। यह बात चाहकर भी दिल में पूरी तरह उतरती नहीं थी। मैं बोला, 'आपने कैसे जाना?'

उसने तपाक से जवाब दिया मानो वह उसकी तैयारी किये बैठा था।

'आपने जिस तरह अपना प्रोग्राम बताया, वह अलावा किसी फ़नकार के और किसी का हो ही कैसे सकता है।'

यह सुनते ही दिल की गहराई में फैलती ख़ुशी और भ्रम एकदम ठण्डे पड़ गये। मेरे चेहरे पर हल्की-सी खिसियाहट फैलने लगी। वह चाहता तो उसे देख सकता था पर तब ही जहाज़ तेज़ी से ज़मीन पर दौड़ने लगा। हमारे चारों ओर ढेर सारा शोर भर गया। भीतर की बत्तियाँ मद्धिम हो गयीं। मैंने सीट के हत्थों को ज़ोर से पकड़ लिया और जहाज़ के हवा में आने का इन्तज़ार करने लगा। कुछ ही पलों में उसके पहियों ने ज़मीन का साथ छोड़ा और अपनी थूथन को आसमान की ओर मोड़ दिया : वह पानी से भरे बादलों को चीरता हुआ ऊपर जाता चला जा रहा था।

'जब तुम्हारा जहाज़ आसमान में पहुँचेगा, तुम्हें भगवान दिखाई देंगे।'

मेरे बेटे ने बरसों पहले मेरे हवाई जहाज़ में पहली मर्तबा बैठने पर मुझसे कहा था। तब से मुझे ऊपर जाते जहाज़ की सरसराहट भगवान को पुकारती आवाज़ जान पड़ती है। कुछ देर बाद जब जहाज़ सीधा हुआ, लोगों में हलचल-सी शुरू हो गयी। मेरे बग़लगीर ने अपना हिफ़ाज़ती पट्टा खोला और पेशाबख़ाने की ओर चल दिया। मैंने भी पट्टा खोला और सीट के बाजू से किताब उठाई, चश्मा चढ़ाया और उस पन्ने को तलाशने लगा, जिस पर ख़ुदा की शान में गिरजा बनाते अँग्रेज़ बहादुर को छोड़ आया था।

एक दूसरे अँग्रेज़ बहादुर फ़रमा रहे थे, 'यह देखने में आया है कि जहाँ भी अँग्रेज़ बसने की ख़ातिर पहुँचते हैं, ख़ुदा का हाथ उनके पहुँचने से पहले ही रास्ता साफ़ कर देता है, इण्डियनों का या तो आपसी जंग में सफ़ाया हो जाता है या किसी जानलेवा बीमारी के फैलने से...' अँग्रेज़ों के पाखण्ड की ऐसी बारीकी देखकर मैं हैरान रह गया।

मैंने अपना सिर सीट पर टिका लिया और छत की ओर ताकने लगा, 'अमरीकी टापुओं की खोज और उन पर क़ब्ज़े से मज़दूरों की ज़रूरत पैदा हो गयी। वहाँ के बाशिंदों से ऐसी मज़दूरी कराना मुमकिन नहीं था और यूरोपियन विजेता ख़ुद न तो खदानें खोद सकता था, न खेती कर सकता था इसलिए उसने मग्रिबी और जुनूब अफ्रीका से जवान लोगों की पकड़-धकड़ शुरू कर दी। सन् 1500 ईसवी से सन् 1870 तक जहाज़ों से तक़रीबन एक करोड़ अफ़्रीकी नौजवानों को पकड़ कर अमरीका ले जाया गया था।'

'क्या ज़माना आ गया है, पेशाबघर में भी सिगरेट पीने पर पाबन्दी है। सिगरेट कहाँ जाकर पियें। इस उड़ते अजूबे के बाहर जाकर मायूस फ़रिश्तों के साथ?'

वह लौट आया था। उसकी ओर से आती गन्ध से साफ़ था कि पाबन्दी का उस पर कोई असर नहीं हुआ था। मैंने फिर अपनी शराफ़त जारी रखने के लिये किताब बंद कर दी और चश्मा उतारकर उसे सुनने तैयार हो गया। कुछ देर हमारे बीच आसपास के लोगों की आवाज़ों के रेशे तैरते रहे। फिर अचानक वह बोला,

'आप आँखों के बारे में क्या सोचते हैं?'

मैं अचकचा गया। पहले मुझे कुछ सूझा नहीं फिर ख़याल आया, कहीं यह मुझे चित्रकार तो नहीं समझ रहा है और आँखें बनाने के बारे में जानना चाह रहा है। यह मुझे क्या मान रहा है इसका मसला है, मुझे तो जो भी इस बारे में मालूम है, इसे बताने में कोई हर्ज नहीं है,

'चेहरे पर सबसे ज़्यादा आँखें ही बोलती हैं इसीलिए हमेशा से ही अदाकारों और तस्वीरों में इनको ख़ास तवज्जो दी जाती है। मेरा ख़याल है कि बुतों में भी आँखें बड़े एहतियात से बनाई जाती हैं और उन्हें बनाने में ही संगतराश का असली जौहर ज़ाहिर होता है। आप यूँ समझ लें कि पूरा जिस्म, फिर वह बुत का जिस्म हो या तस्वीर का या अदाकार का, जो भी कहना चाह रहा है, उसे आँखें ही सबसे बारीकी से कह पाती हैं। असली फ़नकार वही है, जिसकी बनाई आँखें वही कहें, और ज़रा रुककर ऐसा करें, जो उसका बनाया बाक़ी जिस्म कहना चाह रहा है। वैसे शिल्पशास्त्र में तमाम तरह की आँखों का ज़िक्र होता है, मसलन मछली के पेट जैसी आँखें मत्स्योदरी...'

वह मुझे ऐसी हैरत से देखने लगा था मानो मैं अचानक हिब्रू बोलने लगा हूँ। उसके चेहरे की बढ़ती हैरत देखकर मैं चुप हो गया। जैसे

किसी ने मेरे मुँह से निकलती आवाज़ का फीता काट दिया हो। वह आहिस्ते से बोला,

'दरअसल मैं यह जानना चाह रहा था कि क्या आपको कभी किसी की आँखों ने परेशान किया है?'

एयर होस्टेस आ गयी थी। उसने हमारे आगे की सीटों पर लगे पटलों को खोला और हमारी ओर देखकर बोली,

'आप क्या पीना चाहेंगे?'

मेरे बग़ल से आवाज़ आयी,

'सिगरेट।'

वह हँसने लगी। उसके खुले बालों पर रोशनी फिसल कर उसके कन्धे पर फैलती जाती थी। गोरे चेहरे पर रियाज़ी मुस्कान रंग-बिरंगे कालीन की तरह बिछी थी। उसने मुझसे पूछकर मेरे सामने स्कॉच और उसके सामने वोदका का गिलास रखा। दो-तीन घूँट पीकर वह सीधा बैठ गया। मानो वोदका के अपने गले से गुज़रने के हर क़दम को महसूस कर रहा हो। उसने एक और बड़ा घूँट लिया, फिर मेरी ओर मुड़कर बोला,

'मैं उन आँखों की बात कर रहा था, जो आँखों से उतर कर आपके सीने में ऐसा घाव करती हैं जो कभी भरता ही नहीं। हमेशा हरा बना रहता है। मानो वे आँखें आपके भीतर बस गयी हों, उनकी नश्तर-सी धार आपको भीतर ही भीतर कुतर रही हों...'

तेज़ चलती साँसों ने उसकी आवाज़ को ढँक लिया। अपनी जिस्मानी कमज़ोरी पर वह शर्मिन्दा था। पर रुकने के अलावा उसके पास कोई चारा न था। जहाज़ की सरसराहट पर उसकी साँसें लकीरें

खींच रही थीं। हमारे पास के ज़्यादातर मुसाफ़िरों के सिर धीरे-धीरे सीट के सिरहाने आ लगे थे। खिड़की के बाहर ख़ामोशी में लिपटे गहरे नीले आसमान में चमकीले टुकड़ों की तरह तारे यहाँ-वहाँ लुढ़क रहे थे। नीचे धरती पर घना अन्धकार छाया था। शायद हम किसी दरिया के ऊपर से गुज़र रहे थे। अन्धकार का एक हिस्सा दरिया बना नीचे पसरा है, दूसरा उस दरिया और हमारे बीच हवा बन कर चारों और फैला है। यह सोच कर मैं सिहर-सा गया। उसकी साँसों की तेज़ी में कमी हो रही थी। मैंने स्कॉच का गिलास मुँह से लगाया। मैं बोला,

'अगर मैं ग़लती नहीं कर रहा तो आप ऐसा कुछ पूछ रहे हैं, जिसका जवाब सिर्फ़ आपके पास है।'

उसका झुका हुआ सिर धीरे-धीरे ऊपर आया और चेहरे पर बारीक-सी मुस्कान के रेशे यहाँ-वहाँ छितरा गये। वह बहुत रुक-रुक कर बोलने लगा मानो हवा के धागों पर एक-एक शब्द एहतियात से टांग रहा हो।

'मैं थक गया हूँ... भागते-भागते थक गया... कहाँ-कहाँ नहीं भागा... लन्दन... पेरिस... स्टॉकहोम... न्यूयॉर्क... केलिफ़ोर्निया... सिडनी... तेहरान... शीराज़... कुस्तुन्तुनिया... पराये से पराये शहर, अजनबी से अजनबी मुक़ाम... मैं कहाँ नहीं गया... कहीं हवाई जहाज़ में भटका, कहीं समुद्री जहाज़ में, कहीं मोटरगाड़ियों में, कहीं ट्रेनों में... दुनिया के एक छोर से दूसरे, दूसरे से तीसरे, तीसरे से न जाने कहाँ... सिर्फ़ भागमभाग... न जाने क्या-क्या देखा, क्या-क्या सुना... कभी पहाड़ों पर रहते हुए नीचे मैदानों पर सुनहली चादर-सी फैली धूप देखी, कभी समुद्र के सुनसान में नारंगी जैली की तरह मुलायम सूर्य को डूबते देखा... कभी पानी के भीतर नीली व्हेल मछलियों को चीखते सुना... कभी बर्फ़ पर

अपने पैरों के निशानों को ठहर-ठहर कर गिरती बर्फ़ से भरते देखा... कभी किसी अधेड़ शराबी औरत को गीले फुटपाथ पर लुढ़के देखा... कभी कहीं भिखारी के कटोरे में कुत्ते को पेशाब कराते शरीफ़ शहरी को... कभी अपनी दोस्त को गोद में बैठाकर सफ़र करते नौजवान को... कभी पार्क की बेंच पर पूरा-पूरा दिन गुज़ारते बुज़ुर्गों को... कहीं भी ठहर नहीं पाया... भीतर की दुनिया तो मानो उसी एक पल पर आकर ठहर गयी थी जब उसने उन आँखों से मेरी ओर रुख किया था... उस दिन... उस रात... हाँ, उस रात... ओह, उसके चेहरे से निकल कर वे मुझे छेदती हुई भीतर उतर गयीं... भीतर जहाँ वे अब हर दिन-हर रात मुझे कुरेदा करती हैं... हरेक पल मानो उन्हीं से बिंधा हुआ मेरे क़रीब आता हो...'

वह अपनी उखड़ी साँसों को संभाल ही रहा था कि एयर होस्टेस दुबारा आ गयी। वह इस 'उड़ते अजूबे' के भीतर खाना परोस रही थी। बेहद नफ़ासत से चलते हुए उसके हाथों में एक के बाद एक दूसरी तश्तरी आती और मशीनी सफ़ाई से मुसाफ़िरों के आगे जमा दी जाती। आधी नींद और थकान में डूबे मुसाफ़िर खाने पर झुकते जाते। कई पहले ही माफ़ी माँग लेते। कुछेक तश्तरियों को अकेला छोड़कर पेशाबघर की ओर चल देते। वह ग़ौर से एयर होस्टेस को देखते हुए बुदबुदाया,

'ये लोग यूरोप के वक़्त से अफ़ग़ानिस्तान के आसमान में खाना बाँट रहे हैं। कमाल है! कुछ खा भी रहे हैं। आप तो खाने वाले नहीं हैं?'

वह ज़ोर से हँसा और तुरन्त संजीदा हो गया मानो उससे बेशऊरी हो गयी हो। एयर होस्टेस हमारे पास से गुज़र गयी। हमने सिर्फ़ अपने गिलास दुबारा भरवा लिये। वह सीट पर टिका कुछ देर तक चुपचाप वोदका पीता रहा। उसकी पलकें बार-बार उसकी लाल

आँखों पर फैलने को होतीं, बार-बार वे झटके से ऊपर खींच ली जातीं, शायद वह भूल चुका था कि वह मुझे कुछ सुना रहा था। या शायद वह मन में बिखरे हुए टुकड़ों को इकट्ठा करने की कोशिश में था।

मैंने खिड़की से बाहर झाँका। जहाज़ दरिया पार कर चुका लगता है, नीचे अँधेरे के परे छोटा-सा चमकीला-सुनहरा जाल ज़मीन के एक हिस्से पर पड़ा हुआ नज़र आ रहा है। पता नहीं यह कौन-सा शहर है, जिसके ऊपर हम उड़े चले जा रहे हैं। रोशनियों का वह जाल धीरे-धीरे पीछे छूट गया और एक बार फिर यहाँ से वहाँ तक स्याह अँधेरे की बादशाहत फैल गयी। जहाज़ के भीतर की बत्तियाँ बुझाई जा रही थीं। मुसाफ़िर किसी तरह सँकरी सीटों पर सोने की कोशिश करने लगे हैं।

'क्या आप सोना चाहते हैं?'

बहुत देर बाद पास से उसकी आवाज़ आयी। उसे अपनी बात बढ़ाने में शायद संकोच हो रहा था,

'नहीं, मुझे जहाज़ में नींद नहीं आती।'

उसने गिलास में बची वोदका की आख़िरी बूँदों को अपने हलक़ के हवाले किया और बोलने लगा,

'मैं इ... के बड़े पब्लिक स्कूल में पढ़ा हूँ... पब्लिक स्कूल... हाँ, वह पब्लिक स्कूल ही था... हालांकि उसे पब्लिक स्कूल क्यों कहा जाता है... उसमें आम लोगों के बच्चे, पब्लिक के बच्चे पढ़ते नहीं... सिर्फ़ कुछ रईसों के बच्चे... नहीं... मैं रईस बाप का बच्चा नहीं था... रईस हो गया था... बाप का अकेला बेटा... हाँ, सिर्फ़ बाप का बेटा... माँ नहीं थी... उसका इन्तकाल... वह मेरे आते ही चली गयी थी...

उसकी बहन थी... वह दूसरे शहर में रहती थी... बड़े रईस से ब्याही गयी थी... मेरी मौसी... मौसी... माँ-सी पर माँ नहीं।'

'अपनी मरहूम बहन के लिये कुछ करना चाहती थी... मैं पिता के साथ घर में अकेला रहता था... वह अपने घर में अकेली रहती थी। लगभग अकेली... उसका ख़ाबिन्द, मेरा मौसिया रात-दिन अपने धन्धे में मसरूफ़ रहता। कपड़ों का बड़ा व्यापारी था... हफ़्तों घर से बाहर रहता... और वह अपने महल जैसे घर में नौकरों के बीच भूत-सी भटकती रहती... नहीं, नहीं, यह उसका अकेलापन नहीं था, जिसके सबब से वह मुझे अपने घर ले आयी थी... वह सचमुच अपनी मरहूम बहन के लिये कुछ करना चाहती थी... सचमुच। मरहूम बहन जिसके चेहरे की छाया झीनी धुँध-सी मेरे चारों ओर फैली रहती, मानो वह कहीं गयी न हो... मेरे चारों ओर फैल गयी हो... मेरे चारों ओर... अपने बेटे के चारों ओर हवा में हल्के नीले धुएँ की तरह... मरहूम बहन... मरहूम माँ।'

'पिता को इसकी तकलीफ़ हुई तो मुझे इसकी ख़बर नहीं है... मैं सिर्फ़ यह मानकर जिया कि उन्हें हुई होगी या शायद मुझे दूसरे के घर पहुँचा कर उन्होंने अपने माज़ी से पल्ला झाड़ लिया था। वह महीनों मुझसे मिलने तक नहीं आते। मैं मौसी के महल जैसे मकान की खिड़कियों पर बैठा उनकी राह ताकता... सामने की सड़कों से गाड़ियाँ गुज़रती रहतीं... कभी कोई हाथठेले वाला सब्जियों का पहाड़ उठाए वहाँ से गुज़रता... कभी कोई वेल्डिंग करने वाला चिल्लाता... कबाड़ी वहाँ से अक्सर गुज़रते। मौसी ने मुझे मेरे स्कूल से निकाल लिया था। पहले मुझे इसकी ख़ुशी हुई कि रोज़-रोज़ की झंझट से बचे। बाद में खिड़की पर बैठे-बैठे मुझे अपने स्कूल के छूटे हुए दोस्त याद आते रहते... उन यादों के सहारे ही मैं उस तकलीफ़ के बारे में जानना शुरू कर रहा था, जो मेरी ज़िंदगी

में अपने पूरे पैनेपन के साथ आने वाली थी... आकर हमेशा के लिये बस जाने वाली थी... पिता मिलने आते रहते तो शायद वह तकलीफ़ इतनी नाक़ाबिले बर्दाश्त न होती... तकलीफ़ शायद वह नहीं थी।'

'कुछ और था, ऐसा कुछ जिसे 'तकलीफ़' जैसे शब्द से कहना शायद वाजिब नहीं है। उसमें तकलीफ़ का-सा ठोसपन नहीं था। आप उस पर अँगुली रखकर यह नहीं बता सकते थे कि वह यहाँ है या वहाँ... वह तकलीफ़ नहीं थी... मेरे साथ कुछ और ही गुज़र रहा था... शायद मौसी के महल जैसे घर का खालीपन धीरे-धीरे मेरे भीतर भरता जा रहा था। मैं न उसे रोक सकता था, न किसी से शिकायत कर सकता था। करता भी कैसे? क्या मैं यह कहता कि रोको-रोको इस महल जैसे घर के खालीपन को मुझमें भरने से रोको... रोको, कोई इसे रोको। जब कभी पिता आते, वह मुझे गोद में बिठा कर मौसी से बातें करते रहते और अचानक मुझे गोद से उठाकर कुर्सी पर बैठाते और दरवाज़े से ग़ायब हो जाते। नामालूम कितने ही दिन यूँ ही खिड़की पर पिता का इन्तज़ार करते और फिर उन्हें दरवाज़े से ग़ायब होते देखने में बीत गये...'

'मौसी हमेशा मुझे अपनी चहेती बहन की याद में डूबा हुआ महसूस करती। हर रोज़ मुझे अपनी बाँहों में घेरकर देर तक मेरा माथा चूमती, मुझे गोद में बैठाती और अपनी मरहूम बहन और मेरी माँ के तरह-तरह के क़िस्से सुनाती। उसके शरीर से उठती केवड़े की गाढ़ी बू मेरे नथूनों में भर जाती... मैं बेहाल हो छटपटाने लगता। मौसी को लगता, मैं माँ का क़िस्सा सुनकर बेचैन हो रहा हूँ और वह मुझे और ज़ोर से पकड़ लेतीं... तुझे पता है दीदी मधुबाला की फ़िल्मों की दीवानी थी... उसी के जैसी घर-भर में भागती फिरती। उसी की तरह आँखें मटकाती। और तो और उसी की तरह बेफ़िक्र

हो कर चलती-फिरती। उसे पीले पोशाक इतने पसंद थे कि एक बार उसने मेरी नयी फ्रॉक मुझसे उतरवाकर पहन लीं और आईने में ख़ुद को ताकते-ताकते यह भूल ही गयी कि उस सर्द शाम उसकी छोटी बहन बिना कपड़ों के ठिठुरती हुई उसके पीछे खड़ी है...'

'क्या तुझे दीदी के बाल याद हैं... वह मेरे छोटे बालों के सबब से मुझे चिढ़ाती थी... मैं भी कम न थी। रात को एक बार चुपचाप उसकी चोटी काट डाली थी... ओहो बबुआ... कैसी पिटाई पड़ी थी, माँ से, बाबूजी से और दीदी... वह रोती जाती और मुझे पीटती जाती... मेरी चोटी के बाल चोटी में लगा...। मौसी मुझे यह सुनाते हुए कसकर थाम लेती। उसकी लम्बी-लम्बी अँगुलियाँ मेरी पीठ पर घूमने लगतीं, आँसुओं से मेरा कन्धा भीगने लगता और मेरे गोशे-गोशे में गाढ़ा केवड़ा फैल जाता। ओह, मुझे मुआफ़ कर दें, मैंने ये सब सुनाने आपको जगाए नहीं रखा... मैं कुछ और बताना चाहता था... हूँ...'

उससे आगे नहीं बोला जा रहा था। उसकी सारी ताक़त माज़ी को बाहर लाने में ज़ाया हो गयी थी। वह सीने के भीतर अपने बोलने की ताक़त दुबारा इकट्ठा करने लगा।

पीछे की सीट से बेहद महीन खर्राटों की आवाज़ जहाज़ की आवाज़ के ऊपर तैरते हुए हमारे क़रीब आती और पल दो पल ठहर कर बिला जाती। मेरे पैर देर तक मुड़े रहने से कुछ अकड़ से गये थे। उसे चुप होता देख मैंने सामने की सीट के नीचे अपने पैरों को धीरे-धीरे फैलाना शुरू कर दिया। जैसे ही पैरों में ख़ून का बहाव बढ़ने लगा, उसकी आवाज़ आना शुरू हो गयी,

'मौसी का बस चलता तो मैं उसकी गोद में बैठे-बैठे ही जीवन काट देता। लेकिन उसे मेरी तालीम की भी फ़िक्र थी। मेरे लिये

बेहतर स्कूल की खोज शुरू हो गयी... मौसी का जिस शहर में कयाम था, वहाँ बेहतर स्कूल नहीं थे। मुझे बोर्डिंग स्कूल भेजने का फ़ैसला हुआ। मैं मौसी की गोद से निकलकर बोर्डिंग स्कूल की डॉर्मेटरी में जा गिरा... वहाँ की मुश्किल रिवायतों के जाल में... मुँह अँधेरे गुसलख़ाने के बाहर लगी क़तार में खड़े-खड़े मेरे पैर सूज जाते। मैं फ़र्श पर बैठकर अपनी बारी आने का इन्तज़ार करने लगता।'

'खुली खिड़की के पार लाल गुब्बारे-सा सूरज आसमान की गहरी नीली दीवार पर रेंगता हुआ-सा ऊपर चढ़ने लगता... उसके और खिड़की के बीच चिड़ियों के झुण्ड के झुण्ड मानो भोर की उजास में भीगने बाहर निकल पड़ते। मैं ठिठका-सा खिड़की के बाहर देखता रह जाता। क़तार मेरे बाजू से निकलती हुई छोटी होती जाती। तभी डॉर्मेटरी का चौकीदार पीठ पर धौल जमा कर मेरी आँखों में महीने रेशों से बुने भोर के चमत्कार को बिखेर देता। मैं भीगी आँखों पर हाथ फेरता आगे बढ़ता और गुसलख़ाने के भाप से भरे सूनेपन में कपड़े उतारने लगता...'

'पूरा स्कूल एक-सी पोशाकें पहनकर सुबह की इबादत में झुकता... दया कर दान विद्या का हमें परमात्मा देना... फिर चढ़ते सूरज की रोशनी में सभी मिलकर कवायद करते मानो सभी लड़के-लड़कियों को फ़ौज में शामिल होने को तैयार किया जा रहा हो। मुझे देर तक खड़ा रहना बर्दाश्त नहीं हो पाता। मैं बार-बार बीच मजलिस में गिर पड़ता। मुझे उठाकर हर बार प्रिंसिपल के घर पहुँचा दिया जाता... प्रिंसिपल के घर। वह अनोखे इंसान थे, ऊँचे क़द के गोरे शख़्स... चेहरे के रुख़ से रौब टपकता पर रहमदिली भी। वह हर बीमार लड़के या लड़की को अपने घर पर ही रखते या किसी दूसरे मुर्शिद के घर पहुँचा देते...'

'इबादत के दौरान बेहोश होने वाले लड़के-लड़कियाँ अमूमन उन्हीं के घर ले जाये जाते। वह स्कूल के क़रीब ही था। मुझे बरामदे में बिछे तख़्त पर लिटा दिया जाता। उनकी बीवी भागती हुई आतीं और मेरे चेहरे पर पानी छिड़कने लगतीं। मुझे अपने चेहरे पर जगह-जगह चुभती हुई-सी ठण्ड महसूस होती। मैं धीरे-धीरे होश में आने लगता। वह अपनी बेटी को पीने का पानी लाने की पुकार लगातीं। अपनी छोटी बेटी को... आयशा को...।'

वह ठिठक-सा गया। शायद उस दृश्य को वह अपने सामने कुछ देर तक रोके रखना चाहता था। उसे अकेला छोड़ मैं खिड़की के बाहर झाँकने लगा। तारों की चमक बढ़ गयी थी। आसमान इतना तना हुआ मालूम देता था कि मानो छूते ही बीच से चिर जायेगा। पहाड़ी मिनिएचर तस्वीरों में ऐसे ही आसमान के नीचे अँधेरे में छिपकर राधा घने पेड़ों और लताओं के बीच से गुज़रती हुई कृष्ण से मिलने जाती है। उसका सिर आगे की ओर झुका होता है, जिस पर नीली ओढ़नी ढकी होती है। वह नीली ओढ़नी हवा से बार-बार फूल जाती है। राधा उसे बार-बार...

'... पानी पी लीजिए! उसकी फुसफुसाती-सी आवाज़ से मेरी आँखें पूरी तरह खुल जातीं।'

अँधेरे अन्तरिक्ष में तेज़ भागती राधा पर से मैं निगाहें समेट कर जहाज़ के भीतर ला पाता, इससे पहले कि वह बोलने लगा था।

'मैं उसके हाथ से गिलास ले लेता, नीचे देखते हुए चुपचाप पानी पीता और बिस्तर से उठकर स्कूल की ओर भागने लगता। मुझे अपने आप पर इतनी शर्म आती कि क्लास में कई घण्टे मेरी जुबान हिलना-डुलना छोड़कर मरी मछली की तरह मेरे मुँह के कोने में पड़ी रहती... मैं एकटक ब्लैक बोर्ड को ताकता रहता... वहाँ खिंची

लकीरों को कॉपियों में उतारने की जगह उनमें खो जाता, मानो बार-बार गिरने वाले अपने बदन को उन लकीरों के बीच कहीं छिपाने की कोशिश कर रहा होऊँ, स्कूल छोड़कर वापस जाना चाहता... पर... पर वापस मौसी के पास नहीं... उनका ख़याल आते ही मेरी नस-नस में केवड़े की गाढ़ी गन्ध फैलने लगती और मेरी साँस सीने में फँसना शुरू हो जाती...'

'पिता के पास जाना चाहता था पर... पर वह अपने बेटे के बड़े स्कूल में तालीम लेने पर इतने फूले हुए थे कि मुझसे मिलने तक लगभग नहीं आते थे... आपको कैसे बताऊँ उदयन जी कि यह सोचकर मैं कितना अकेला हो जाता था... कितना अकेला... मानो धरती से बाहर किन्हीं अजनबी उलकाओं के बीच फेंक दिया गया होऊँ और मैं गिरते-पड़ते सुनसान ख़ला में भटक रहा होऊँ... घर बहुतों को तजना पड़ता है... जैसे ही आप अपनी दुनिया बनाने में जुटते हैं, आप अमूमन अपने वालिदैन से दूर जाने लगते हैं... उन्होंने आपकी परवरिश के दौरान आपकी जो भी तस्वीर बना रखी थी, आप जैसे ही उससे बाहर निकलने लगते हैं, वे बेचैन हो उठते हैं... तब या तो वे ज़ोर-ज़बरदस्ती आपको आपकी उसी तस्वीर में डालने में लग जाते हैं और आपके रिश्ते लहूलुहान होकर कहीं भीतर ही भीतर बेजान होने लगते हैं, जिनसे मौक़ा पाते ही आप भाग निकलते हैं और तमाम उम्र बेघर रहे आते हैं... या वे आपको अपनी दुनिया बनाता देख ख़ुद पीछे हटने लगते हैं... ऐसे में आप घर से दूर जाकर भी घर से टूटते नहीं, उससे बिल्कुल नया रिश्ता बना लेते हैं... लेकिन मैं... मेरी कोई नयी दुनिया बन पाती, इससे पहले ही मेरा घर मुझसे छूट गया था।'

'...मैं उन सितारों की मानिन्द था, जो बेठोस आसमान में तन्हा टिमटिमाते हैं। आपको नहीं लगता कि अरबों-ख़रबों सितारों

के बीच रहते हुए भी हर सितारा कितना तन्हा हुआ करता है... याख़ुदा, अगर तुझे हर एक सितारे को इतना तन्हा करना था तो उसे आसमानी गंगा में क्यों फेंक दिया? क्या हमारे चारों सिम्त बहती ज़िन्दगी का मक़सद सिर्फ़ इतना है कि वे हमारी तन्हाई को कोई नायाब-सी सूरत दे सके? क्या ऐसा सभी के साथ हुआ करता है... या कि यह सिर्फ़ मैं था, जो हवा के धागों से अपने को संभाले था... वे जैसे ही ढीले पड़ते, मैं ढह जाता।'

मुझे अपनी ओर लगातार घूरता हुआ पाकर वह चुप हो गया। शायद वह समझ गया कि मैं उसे क्यों घूर रहा हूँ। उसने ज़रा-सा सिर झुका लिया और बोला,

'मुआफ़ कीजिएगा, मैंने यह ज़ाहिर नहीं होने दिया कि मैं आपको जानता हूँ पर जब आपका नाम मेरी ज़ुबान से फिसल ही गया है, मैं कुबूल करता हूँ कि मैंने ऐसा जानबूझकर किया था... मुझे अन्देशा था कि कहीं आप मुझे सुनने से इंकार न कर दें। हवाई अड्डे पर आपको देखते ही मैंने तय कर लिया था कि आपको अपनी आपबीती सुनाकर ही रहूँगा... ऐसा इत्तिफ़ाक फिर होने वाला नहीं है... दरअसल मैं आपके सामने ज़िन्दगी रखकर उसे दोबारा जीना चाहता था... और उससे हमेशा के लिये छुटकारा पाना भी। कौन जाने इसी रास्ते दर्द की चट्टान मेरे दिल से सरक सके... चट्टान... दिल पर से... सरक... सरक... आँसुओं के लफ़्ज़ों में बदलने के इस मौक़े को मैं छोड़ना नहीं चाहता था... आँसुओं के आख़िरकार... आख़िरकार। मैंने अपने तै सारा कुछ सफ़ाई से किया था पर यह भूल... वैसे यह अच्छा ही हुआ... मैं आख़िर कितनी देर आपको न पहचानने का स्वांग करता... आप चाहें तो मैं दोबारा अपनी सीट पर जाकर बैठ सकता हूँ।'

वह उठने लगा। सीट के हत्थे पर रखे उसके हाथ पर मैंने अपना हाथ रख दिया। वह चुपचाप सीट पर दुबारा बैठ गया। हम कुछ देर यूँ ही आसमान में हवाई जहाज़ के चलने की आवाज़ सुनते रहे। कुछ और पल बीते कि हवाई जहाज़ की ही आवाज़ में उठती लहरों की तरह उसके लफ़्ज़ मेरे कान के परदों से टकराने लगे:

'क्लास में मेरे कुछ साथी मेरे गिरने पर मुझे चिढ़ाते। वह कहते, भैया इससे कुछ मत कहो, यह गिर पड़ेगा! ...धड़ से गिर पड़ेगा... मिट्टी के ढेले जैसा... वे आपस में हाथ बाँधकर मेरे चारों ओर गोल घेरा बनाकर गाते...

गिर पड़ेगा
गिर पड़ेगा
माटी का यह ढेला
गिर पड़ेगा

घेरा मेरे चारों ओर घूमता और मेरी आँखों के आगे पानी की परत मोटी होती रहती। यह देख कुछ बच्चे यह कहकर कि, 'तुम लोगों को शर्म नहीं आती, गिरने में इस बिचारे की क्या ग़लती', मुझ पर रहम करते... मैं इससे भी उतना ही ज़ख़्मी होता।'

'मैं क्यों गिर जाता हूँ', बार-बार ख़ुद से पूछता। ख़ुद के अलावा वहाँ था भी कौन पूछने को... या तो मैं था या चिढ़ाने वाले या फिर रहम करने वाले! और कौन था? कोई भी नहीं! मेरा सवाल मेरे ही भीतर, जैसे किसी सूनी इमारत में, गूँजकर वहीं-कहीं टूटकर बिखर जाता... हर सुबह मैं मजलिस की शुरुआत में भीतर ही भीतर अपनी हौसला अफ़ज़ाई करता रहता। आज मुझे गिरना नहीं है... किसी भी हाल में गिरना नहीं है... इबादत शुरू हो जाती... मैं

बार-बार ख़ुद को दिलासा देता रहता कि आज मुझे गिरना नहीं है... गिरना नहीं है... इबादत के लफ़्ज़ धीमे पड़ने लगते... मेरे कानों में सिर्फ़ मेरी ही आवाज़ चक्कर काटने लगती... आज मुझे गिरना नहीं है... आज मुझे गिरना नहीं है... आज... मुझे... गिरना...'

'धीरे-धीरे मेरे कानों में भटकते लफ़्ज़ों के बीच का फ़ासला बढ़ने लगता मानो उन्हें आपस में बाँधने वाले धागे ढीले पड़ने लगे हों... यह ढील इतनी बढ़ जाती कि एक लफ़्ज़ के बाद दूसरे के आने तक मन बेचैन हो उठता... मानो वह मेरे भीतर के किसी कोने में कहीं फँस गया हो... उसे बाहर लाने जैसे ही मैं और भीतर जाता, एक अँधेरी खोह में गिरता चला जाता...'

'खोह के दूसरे छोर पर कुछ धुँधले से लफ़्ज़ सुनाई देते '...नी...पी... लीजिए।' मैं आँखें खोलता। आयशा पानी का गिलास लिये बिस्तर की बग़ल में खड़ी होती। मैं हड़बड़ाकर उठ बैठता... झिझकते हुए गिलास की ओर हाथ बढ़ाता और गिलास पर ढीली पड़ती छोटी-छोटी अँगुलियों की पकड़ को देखता... इतनी हिम्मत नहीं होती कि सिर उठाकर उसके चेहरे को देख सकूँ... जैसे ही गले से पानी की ठण्डक गुज़रती, कानों में हहराकर साथियों का गाना चक्कर काटने लगता:

गिर पड़ेगा
गिर पड़ेगा
माटी का यह ढेला
गिर पड़ेगा...

तेज़ी से मैं ख़ुद को बिस्तर से समेटता, बिना ऊपर देखे गिलास उन छोटी-छोटी अँगुलियों में दुबारा फँसाता और दरवाज़े से निकलकर स्कूल की ओर भागने लगता... मेरे पीछे उसकी अपनी माँ को

पुकारती आवाज़ तैरती चली आती... अम्मी... अम्मी... वह भागकर जा रहा है... अम्मी...'

यहाँ वह रुक गया। अपने दोनों हाथों को बालों में डाल दिया और देर तक सामने देखता हुआ-सा चुप रहा आया। मैंने जैसे ही खिड़की के बाहर रात के सन्नाटे की ओर अपनी निगाहें मोड़ीं, उसकी आवाज़ आना शुरू हो गयी:

'उस दिन आयशा की पुकार सुनकर उसकी अम्मी दौड़ी चली आयी और मुझे पुकारा... मैं रुक गया... मानो किसी अनजान शख़्स ने मेरे पैरों में फन्दा डाल दिया हो... सिर झुकाकर धीरे-धीरे उनके घर की ड्योढ़ी पर जा ठिठक गया... वह सीढ़ियों के ऊपर खड़ी थीं। उनकी बैंगनी साड़ी की किनार, मुझे अब भी याद है, हवा में डोल रही थी... गोरे पैर किनार से बाहर निकले और सीढ़ियाँ उतरते हुए मेरे क़रीब आने लगे...'

'मैं कैसे बताऊँ... मैंने वैसे सुन्दर पैर कभी नहीं देखे। पैरों में हल्का गुलाबीपन उभर आया था मानो सुबह की थोड़ी-सी सुर्खी उन पर छिटक आयी हो... वह मेरे बिल्कुल क़रीब आकर खड़ी हुईं और बालों को सहलाते हुए बोलीं, 'ज़रा आराम कर लो बरख़ुरदार, फिर चले जाना।' मैंने धीरे से चेहरा ऊपर उठाया... उनकी मुस्कान की फुहारें मेरे माथे, मेरी आँखों पर पड़ रही थीं। उन्होंने मेरा हाथ पकड़ा और मुझे सीढ़ियों के ऊपर ले आयीं। सामने बिस्तर की बग़ल में गिलास लिये आयशा खड़ी थी।'

'गहरी नीली फ्रॉक के फुँदने बग़ल में लटक रहे थे... वह मुझे एकटक ताक रही थी... उसकी आँखों में अचरज और रहम के भाव बारी-बारी से उभर रहे थे... भूरे लम्बे गेसू चोटी में गूंथकर उसकी पीठ पर न जाने कहाँ तक भागे चले जा रहे थे... मुझे पास

आता देख वह तेज़ी से घूमी, लम्बी चोटी हवा में तैरी और उसका छोर मेरे हाथों को छूता हुआ उसके घुटने तक जाकर लहराने लगा।'

मेरे बग़लगीर के काँपते होंठों से लफ़्ज़ों का बाहर आना थम गया। उसने बोलना रोककर शायद देखना शुरू कर दिया था। शायद वह मुझे अपना क़िस्सा सुनाते-सुनाते ऐसे मुक़ाम पर जा पहुँचा था, जहाँ उसकी जुबान ने हिलना बन्द कर दिया। पलकें झपझपा रहीं थीं मानो वह नज़ारा उसके देखते ही देखते टूट कर बिखर रहा हो और वह उसे दोबारा एकमुश्त करने में लगा हो।

यह शायद रात का वह लम्हा था जब हमारे अलावा बाक़ी सब मुसाफ़िर अपनी-अपनी सीट पर सो चुके थे। मैं उठकर खड़ा हुआ, पैरों और हाथों को सीधा किया और दोबारा बैठने लगा। मेरे ठीक पीछे की सीट पर सोयी औरत की गोद में बच्चा सोया था। औरत के अधखुले मुँह के दाँतों से टकरा कर कुछ किरणें मेरी ओर आ रही थीं। मैंने कनखियों से उसकी ओर देखा। वह सिर झुकाए एकटक जहाज़ के फ़र्श को ताक रहा था।

मैं बिल्कुल चुपचाप बैठ गया और उसके बोलने का इन्तज़ार करने लगा। कुछ देर यूँ ही रहने के बाद उसका स्वर ठहरी हुई हवा में फड़फड़ाने लगा:

'उसकी चोटी की छुअन से मुझे लगा मानो मैंने किसी परी के पंख छू लिये हों। मानो मेरे बदन के हर कोने में कुछ सरसरा रहा हो। मैं वहीं कमरे में खड़ा-खड़ा सोचता रहा कि इस लड़की के गेसुओं में ऐसा क्या है कि मुझे भीतर इतना खुला-खुला सा लग रहा है। 'बैठो', उनकी खरखराती आवाज़ को सुनकर मैं चौंक गया। मैं भूल ही गया था कि मैं वहाँ खड़ा हूँ और वह भी हैं। मैं

धीरे से सोफ़े की तरफ़ बढ़ गया। देर तक वहाँ बैठा रहा। ...सोफ़े की किनार पर...।'

'मेरे भीतर की शर्म छँट रही थी। वह वज़न जो अब तक मेरी छाती पर पसरा रहता था, वहाँ नहीं था। उसकी जगह एक खालीपन-सा था जिसका थरथराना मुझे ख़ुशी से भर रहा था। मानो मेरे सारे अन्देशे, सारी शर्म एकबारगी मुझे छोड़कर चले गये हों और उनके जाने से जो खालीपन मेरे सीने में पैदा हुआ हो, उसमें लगातार ख़ुशी भर रही हो। ओह, यह ख़ुशी का चश्मा मेरे भीतर के किस कोने में छिपा पड़ा था जो इस खालीपन को पाते ही उसमें बूँद-बूँद टपकने लगा था, हर बूँद के साथ मेरी सिहरन दुगनी-चौगुनी बढ़ती जाती...'

'मुझ में किसी तरह की बारिश हो रही थी... बूँद-बूँद बौछारें भीतर कहीं बरसती ही जा रही थीं... मुझे लग गया कि इस 'बरखा' को मैं देर तक सह नहीं पाऊँगा... नहीं सह पाऊँगा, सो मैं अनजाने ही सोफ़े से उठ खड़ा हुआ... वे दोनों ही मुझे चुपचाप देखती रहीं। मैंने उस दिन जैसे ही उन माँ-बेटी से विदा ली, यह बारीक़-सी चाह मन के सुदूर कोने में खरखराने लगी कि मैं अब यहाँ फिर कब आ पाऊँगा।'

'मैं स्कूल के मैदान के बीच से गुज़र रहा था, धूप में चमचमाता हुआ-सा, मेरे पैरों में कुछ फुर्ती-सी थी मानो मैं किसी को कोई ख़ास बात सुनाने जा रहा हूँ! क्लास के भीतर जाते वक़्त, जब मेरे कानों में 'गिर पड़ेगा, गिर पड़ेगा' की दबी छिपी-सी धुन ने दाख़िला लिया, मेरे चेहरे पर डर की जगह बेहद महीन-सी ख़ुशी पानी की झिल्ली की तरह फैल गयी। शब्द वही थे, धुन भी पर अब वे किसी और सिम्त इशारा कर रहे थे। वे अब मुझे कुछ और कह रहे थे,

बिल्कुल कुछ और जो मेरे कानों से टकराकर सुख की तरंगों में ग़ायब हो रहा था।'

'इबादत के दौरान मेरा गिरना बदस्तूर जारी रहा पर अब मैं मन ही मन उसका इन्तज़ार करने लगा। मैं गिरता और अन्धकार की गहराई में डूबता-उतराता आयशा के सामने जा पहुँचता। वह खड़ी रहती और मैं पानी पीता रहता। उसकी माँ मुझे देर तक अपने पास बिठाए रहती। उनके मुँह से ख़ुशबूदार तम्बाकू की महक तैरती हुई मेरे क़रीब आती रहती।'

'आयशा चुपचाप सामने बैठी रहती। उसके हाथ घुटनों पर धरे होते और मेरी आँखें तरह-तरह के रास्तों से उस तक पहुँचने की कोशिश में लगी रहतीं। वह स्कूल नहीं जाती थी। स्कूल जाना ही नहीं चाहती थी। उसकी माँ प्रिंसिपल साहब के इसरार के बावजूद उसे घर पर ही पढ़ाती थीं। शायद इसलिए भी उन्हें मेरा वहाँ आना अच्छा लगता था। मेरे होश में आने के कुछ देर बाद वह आयशा की किताबें मेरे सामने खोल देतीं। मुझसे कुछ-कुछ सवाल पूछने लगतीं।'

'आयशा मुझसे पूछे सवालों का जवाब इतनी तेज़ी से देती मानो उसे डर हो कि कहीं उसकी किताबों के सवालों का जबाव देकर मैं उन्हें उससे दूर कर दूंगा। वैसे भी मेरा पूरा ध्यान आयशा की ओर होता। कैसे वह बैठने के तुरन्त बाद अपनी चप्पलों से पैरों को बाहर निकाल लेती है। कैसे वह बार-बार अपनी लम्बी चोटी को गर्दन पर लपेटती और खोलती है। कैसे सवाल सुनते समय नाख़ून काटने लगती है और इस पर अपनी माँ की डांट खाने के बाद सीधी तनकर बैठ जाती है...'

वह बोलते-बोलते अचानक सीधा तनकर बैठ गया। शायद वह अपने सामने घट रहे नज़ारे को अपने बदन की हर कोशिका में

महसूस करने लगा था। उसके क़िस्से में मेरी दिलचस्पी इतनी ज़्यादा बढ़ गयी थी कि मैं उसे चुप होने की गुंजाइश ही देना नहीं चाहता था। यह ज़रूर है कि मैं देख रहा था कि वह कैसे डर-डर कर अपने माज़ी में झाँक रहा था।

कैसे वह क़िस्से में गोता लगाते हुए अचानक लहूलुहान हो जाता है। तभी वह उठ खड़ा हुआ और देर तक बैठे रहने से अकड़ गये पैरों से तक़रीबन लड़खड़ाते हुए गुसलख़ाने की ओर जाने लगा, 'सिगरेट पीने', मैंने सोचा। मैं आंख बन्द कर उसका इन्तज़ार करने लगा। मेरे ऊपर नींद की झीनी-सी परत फैल गयी। वह कब आकर बैठ गया है, मुझे पता नहीं चल सका। उसकी साँसों से मेरी नींद खुली और मैं बेक़रारी से उसकी ओर देखने लगा:

'कई बार जब मैं कई दिनों तक गिरता नहीं, उनका पैग़ाम आ जाता। मैं खाली वक़्त में उनके घर चला जाता। अगर वक़्त खाली नहीं होता तो मैं बड़ी मेहनत से उसे खाली करता और उनके घर चला जाता। वे मुझे घर के पीछे का छोटा-सा बग़ीचा दिखाने ले जातीं। आयशा ऐसे वक़्तों में घर में ही रही आती। क्यारियों में टमाटर लगे होते। कई मर्तबा वे ताज़ा टमाटर तोड़कर मुझे देतीं। मैं उन्हें खाने लगता, डरते-डरते क्योंकि मुझे भीतर तक मालूम था कि मैं सलीक़ेदार नहीं हो पाया हूँ। 'देखो, इसने सफ़ेद क़मीज़ पर सारा टमाटर गिरा लिया!' जाने कहाँ से आकर आयशा वहाँ खड़ी हो गयी होती और मेरी बेशऊरी पर हँसती। वह ताली बजाती और गाती,

जितना खाए आप जनाब
उतना खाए क़मीज़
जितने जनाब के सुर्ख़ गाल
उतनी सुर्ख़ क़मीज़

वाह रे वाह
वाह रे वाह

वे मेरा बचाव करतीं। आयशा को चुप करने की कोशिश करतीं। पर वह थी कि ताली बजाती रहती और गाती जाती,

जितना खाए आप जनाब
उतना खाए क़मीज़
जितने जनाब के सुर्ख़ गाल
उतनी सुर्ख़ क़मीज़
वाह रे वाह
वाह रे वाह

वह इतना ख़ूबसूरत गाती थी कि मैं भूल ही जाता कि वह मेरी बेशऊरी का मज़ाक उड़ा रही है। गोल-गोल घूमती, उसकी फ्रॉक में हवा भर जाती, हाथ धीरे-धीरे पूरी तरह खुल जाते पंखों की मानिन्द और ताज़ी-धुली ज़ुल्फ़ें लहराने लगतीं। मुझे लगता कि मेरे चारों और अँधेरा फैल रहा है, स्याही सोख पर फैलती स्याही की तरह। गोल-गोल घूमता फैलता हुआ अँधेरा भँवर की मानिन्द और सब कुछ उसमें डूबता चला जा रहा है। अलावा दो चीज़ों के, सिर्फ़ वह ही बेसाख़्ता चमक रही हैं। सिर्फ़ दो, आयशा को रोकती उनकी आवाज़ और आयशा की आँखें! गोल घूमती आयशा की वे आँखें रह-रह कर मेरे सामने आतीं मानो रह-रह कर अँधेरे में रोशनी की दरार खुल गयी हो और तुरन्त बन्द हो जाती हो। वे आँखें अँधेरे में रोशनी की दरार ही थीं। रोशनी की दरार... रोशनी... दरार... मैं... मैं...'

उसकी आवाज़ धीमी होते-होते ओझल हो गयी। मानो वह मेरी ओर आते-आते उसके भीतर जाने लगी हो। अब सिर्फ़ उसकी

बुदबुदाहट मुझ तक पहुँच रहीं थी। शायद उसे यहाँ आकर एक-एक क़दम बढ़ाने में तकलीफ़ हो रही थी। वह बोलने की बजाय शायद लफ़्ज़ों से अपने मन की घायल ज़मीन को टटोल रहा था।

कई क़िस्से होते ही ऐसे हैं, वे हमारे घावों में ही जन्मते हैं, उन्हें दोहराते हुए कितनी भी एहतियात क्यों न बरती जाये, एकाध पाँव घाव में पड़ ही जाता है। मैं उसकी ओर देखने तक को टाल रहा था। उसके क़िस्से की ख़ुमारी में मुझे होश ही नहीं था कि हम जहाज़ में बैठे हैं कि तभी हवाई जहाज़ की राह में कोई भँवर पड़ा। वह तेज़ी से डगमगाने लगा।

हिन्दुस्तान की क़दीम किताबों में इन भँवरों का ख़ूब ज़िक्र आता है। पाँच तरह के भँवर हवाई जहाज़ की राह में पड़ सकते हैं, वग़ैरह। मैं सोचने लगा, यह कौन-सा भँवर होगा। शक्त्यावर्त यानी शक्ति का भँवर या किरणावर्त यानी किरणों का भँवर या शैत्यावर्त यानी सर्द भँवर। इस अंधेरी रात में हो न हो जहाज़ सर्द भँवर में ही फँसा है। बत्तियाँ दोबारा जल उठीं। हड़बड़ाकर जागे हुए लोगों के चेहरों पर बेचैनी साफ़ नज़र आ रही थी। मेरे पीछे की सीट से कोई बोला,

'सिगरेट तक पीने की इजाज़त नहीं है...!'

कोई और बोला,

'तब फिर इस डगमगाते जहाज़ को कैसे बर्दाश्त करें...!'

जहाज़ का डगमगाना थमने को ही नहीं आ रहा था। यह कहना मुश्किल है कि मुझे ख़ौफ़ नहीं था पर जो क़िस्सा मेरे कानों में घुल रहा था, मेरी दिलचस्पी उसमें कहीं ज़्यादा थी। वह आँखें बन्द किये सिर झुकाए चुप बैठा था। इन्तज़ार करता हुआ जहाज़ के

थमने का या आगे बढ़ने की हिम्मत जुटाने का। अचानक जहाज़ का डगमगाना थम गया, वह शायद एक झटके से भँवर से बाहर निकल आया था। मुसाफ़िरों की दबी-छिपी चीखें जो वे अपनी तेज़ बातचीत से ढँके हुए थे, यकायक बुझ गयी। ज़्यादातर की पलकें दोबारा भारी होने लगीं। मेरे पड़ोसी ने मेरी ओर रुख किया और बोलने लगा,

'घूमती हुई आयशा मेरे ज़ेहन में बस गयी। वह कभी भी कहीं भी अचानक सामने आ जाती... मैं ठगा-सा रह जाता... इसके पहले कि मैं यह सोच पाता कि यह महज़ ख़याल है, मेरे चारों ओर की झाड़ियाँ, दरख़्त, मैदान और पर्वत उसके ही जैसे गोल-गोल घूमना शुरू कर देते। कभी ऐसा कुछ तब होता जब मैं इबादत के लिये बच्चों की मजलिस में खड़ा होता। मुझे लगता कि वह वहीं कहीं खड़ी मेरा मज़ाक उड़ाते-उड़ाते गोल घूमने लगी है। मेरा मज़ाक उड़ाते...

जितना खाए आप जनाब
उतना खाए क़मीज़
जितने जनाब के सुर्ख़ गाल
उतनी सुर्ख़ क़मीज़
वाह रे वाह
वाह रे वाह

...मेरे देखते-देखते सामने प्लेटफ़ॉर्म पर खड़े बच्चे, उनके बराबर खड़े मुर्शिद गोल घूमने लगते, उनके साथ-साथ और उनके चारों ओर मेरे पास खड़े बच्चों का हुजूम भी घूमने लगता। मैं हक्का-बक्का वह सब देखता रहता। फिर घबराकर आँखें मूँद लेता। जब उन्हें दोबारा खोलता, इबादत की रस्म बिना इधर-उधर हुए अपनी लीक पर चल रही होती।

प्लेटफ़ॉर्म पर खड़े बच्चे इबादत के लफ़्ज़ों को रोज़ की तरह गा रहे होते। मुर्शिद रोज़ की तरह हाथ बाँधे सामने कतारों में खड़े बच्चों पर नज़र रखे चुपचाप खड़े रहते। मैं लगातार उनके घर जाने के बहाने सोचता रहता... लेकिन संकोच के मारे मेरे उस ओर क़दम बढ़ते ही नहीं थे। मैं रोज़ सोचता कि आज वहाँ जाकर ही रहूँगा। वहाँ जाकर कहूँगा कि अब मेरे गिरने की बीमारी कम हो गयी है। लेकिन ऐसा मैं उनसे क्यों कहूँगा क्योंकि ऐसा कहते ही मेरा उनके घर जाने का एक रास्ता बन्द हो जायेगा।

कहूँगा कि आज गणित की क्लास में ट्रिग्नोमेट्री पढ़ाई गयी। ट्रिग्नोमेट्री क्या होती है, वे पूछेंगी... मैं उनका जबाव देने जैसे ही अपना मुँह खोलूँगा आयशा कहीं से आन टपकेगी और कहेगी, 'ट्रिग्नोमेट्री या ड्रेगानोमेट्री यानी राक्षसों की नाप-जोख... क्यों जनाब यही न! राक्षसों की नाप-जोख, आजकल आपके स्कूल में तालिबों को यह पढ़ाया जा रहा है।'

'चुप रहो आयशा', वे हँसकर उसे झिड़केंगी...'चुप ही तो हूँ...।' वह खिलखिलाकर कहेगी। इस सबको मैं तरह-तरह से सोचता। उनकी और अपनी बातचीत को हज़ारों तरीकों से उलट-पलट करता रहता। इसी में पूरा दिन बीत जाता और उनके यहाँ जाने का मसला अगले दिन पर टल जाता। कई-कई दिन यूँ ही बीतते। कई बार कई-कई हफ़्ते...महीने...। फिर किसी दिन मैं जाता, मुझे लगता कि मैं अभी ही यहाँ आया था। वे मुस्कुराकर मुझे भीतर ले जातीं, 'कितने दिन हुए, क्या कहीं मसरूफ़ थे', वे कहतीं।

मुझे लगता, वह मुझसे यह क्यों पूछ रही हैं, मैं रोज़ तो उनसे बातें करता हूँ। ...यूँ मेरे भीतर और बाहर की दुनिया गड्डमड्ड होती चली जाती...। मैं उस गड्डमड्ड में ख़्वाब की तरह तिरता चला जाता। हाँ, वह ख़्वाब ही था, वे बरस, वे लोग और उन दिनों का ख़ुद मैं...सब...

सब...ख़्वाब ही थे। काश, वे सिर्फ़ ख़्वाब ही होते... नहीं, वे ख़्वाब नहीं, नश्तर से लैस हक़ीक़त थी, जिसने मेरे थरथराते मन को कुछ देर तराशा और फिर उसे यूँ ही बीच राह में छोड़ दिया... कतरा-कतरा रिस जाने को।

मैं बरामदे में बैठा आयशा की एक झलक देखने को बेचैन होता रहता। ...शायद वे यह समझती थीं। ...आख़िर वे तेज़ दिमाग़ इंसान थीं। ...मेरे चेहरे पर बार-बार छलक आयी बेचैनी को देखने से वे क्यूँ कर चूकती होंगी। मुझसे कुछ देर गुफ़्तगू के बाद वे आयशा को आवाज़ लगातीं। वह भाग कर बाहर आती। कुछ देर मुझे देखती रहती, उसके हाथ पीछे बँधे रहते, अचानक उसका एक हाथ सामने आता और वह मेरे हाथों में टमाटर पकड़ा देती। 'यह क्या है', उनके यह पूछने पर वह खिलखिलाकर जवाब देती, '... अम्मी इतने दिनों बाद आये हैं जनाब, इनकी क़मीज़ सुर्ख़ टमाटरों के लिये तरस गयी होगी! ...क्यों जनाब, तरस गयी है न!'

मैं वहीं का वहीं खड़ा रह जाता, आयशा मेरे चारों ओर घूम-घूम कर मुझसे एक के बाद एक सवाल पूछती चली जाती... किसी का तअल्लुक़ गणित से होता, किसी का भूगोल से, कोई सवाल स्कूल की लड़ाई के बारे में होता। मैं संभल कर जवाब देता... कहाँ मुझसे बेशऊरी हो जाये, इसका क्या ठिकाना था? उसके पैने सवालों और मेरे लड़खड़ाते जवाबों के बीच वक़्त तेज़ी से भागने लगता और मैं कुछ समझ पाता, इससे पहले ही जाने का समय हो जाता। मुझे लगातार यह लगता रहता कि अभी ही तो आया था, अभी ही जा रहा हूँ। इतना थोड़ा-सा वक़्त बीता है और तब भी इतना सारा वक़्त बीत गया।

पिता ने इन बरसों में आना लगभग बन्द कर दिया था। वह मुझे ख़त लिखते कि आ रहे हैं, फिर ऐन वक़्त पर फ़ोन पर ख़बर

करते कि नहीं आ पा रहे हैं। मौसी का फ़ोन हर दूसरे-तीसरे रोज़ ज़रूर आता। वह मुझसे खाने-पीने-पहनने के मुताल्लिक सवाल करतीं, मैं जो मुँह में आता, जवाब दे देता। छुट्टियों में मौसी के घर जाना होता। वे दिन मेरे सबसे मुश्किल दिन होते। वे मुझे अपने पास बिठाने की कोशिश में लगी रहतीं, मैं किसी न किसी बहाने उनसे दूर भागता रहता। लेकिन जैसे ही आयशा के चेहरे की याद उभरती, मुझे वह गाढ़ी गन्ध भी बदली हुई-सी जान पड़ने लगती।

आज मैं सोचता हूँ कि स्कूल के दिनों की ढलान पर फिसलता हुआ मैं पिता, मौसी, मौसा सबसे दूर होता जा रहा था। वे सब मेरी ज़िन्दगी के हाशिये पर जाते जा रहे थे और उनके जाने से मेरे मन में फैलते ख़ालीपन का एहसास कुछ ज़्यादा ही क़रीब धड़कता हुआ महसूस होता था... बड़ा क़रीब-सा कुछ, जिसे मैं शायद पहचान सकता था पर जिसे मैं पहचानने से डरता था: पहचान में आते ही कहीं वह ग़ायब न हो जाये। ग़ायब और मुझसे इतना दूर कि मैं उसे कभी महसूस ही न कर पाऊँ... मानो वह मेरे मन की किसी धुँधली-सी नाज़ुक डाल पर झूलता कोई फूल हों, जिसकी बू का एहसास मुझे था पर जिसे देखकर पहचानने की हिम्मत मुझमें नहीं थी। ...वो तो आज भी कहाँ है? हिम्मत होती तो डट कर अपना सामना करता। यहाँ से वहाँ भागता न फिरता...। ओह, यह कब तक चलेगा। मैं कभी ठहर भी पाऊँगा या यूँ ही...'

खिड़की के बाहर फीके-से उफ़ुक़ तक फैला अँधेरा झीना पड़ने लगा था, उसके महीन रेशे एक-दूसरे से दूर होना शुरू हो गये थे। यह पौ फटने से पहले का आसमान था, सन्नाटे से भरा हुआ, जिसे लगभग बेआवाज़ चीरता हमारा जहाज़ मग़रिब की जानिब बढ़ रहा था। अब वह मुझसे मुखातिब नहीं था, ख़ुद से ही वह सब कहे चला जा रहा था, जिसे मैं भी सुन रहा था। मेरी मौजूदगी ने तो

मानो उसके भीतर आवाज़ के किसी सोते को जगा दिया था। मैं वहाँ उसकी बग़ल में बैठा भर था पर अब उसे मेरी कोई ज़रूरत रह गयी हो, ऐसा लगता नहीं था। उसकी आवाज़ बेहद महीन हो गयी थी, बारीक तार जैसी, जो रह-रह कर मेरे आस-पास चमकती हुई-सी फेरे लगाती। फिर टूट जाती:

'...राजा अशोक के बारे में क्लास चल रही थी। सारे शागिर्द बैठे अशोक की फ़ौज के हाथों बहाये ख़ून को देख रहे थे। कलिंग में मची मार-काट से ग़मज़दा हो रहे थे। तवारीख़ को क़िस्सों में ढाल कर हमारे कमउम्र मुर्शिद पूरे जोश से हमें पढ़ाने में मशगूल थे। ओह, वह नदी कौन-सी थी? उस नदी का भी ज़िक्र आया था अशोक के फ़साने में। ओह, वह नदी कौन-सी थी... कौन-सी थी... थी? चन्द्रभागा, हाँ, हाँ, चन्द्रभागा ही तो... चन्द्रभागा के बहते पानी का रंग अशोक की सेनाओं ने सुर्ख़ कर डाला था...।

यह कलिंग के सिपाहियों की रगों से बाहर निकल आया ख़ून था, जो उनकी मौत के साथ नदी में आन मिला था। मैं कभी अपने मुर्शिद को देखता। कभी अशोक के चारों ओर बिखरे ख़ून के इलाक़ों का तसव्वुर करता। मेरे कानों में कुछ पहचानी-सी आवाज़ दाख़िल हुई। मैंने जैसे ही उस ओर सिर घुमाया, वहाँ आयशा खड़ी थी... आयशा... क्लास के बीचों-बीच। वह दरवाज़ा पार कर मेरे पास आ गयी थी... उसके हाथ में खुली हुई कॉपी थी। कॉपी के पन्ने पर किसी हिसाब की इबारत लिखी थी।

'इसे कैसे हल किया जायेगा?' वह मेरी ओर देखकर बोली। मुझे उसे देखकर जो सिहरन हुई थी, वह उसकी आवाज़ सुनकर काफ़ूर हो गयी। मैंने घबराकर मुर्शिद को देखा, फिर कनख़ियों से क्लास के अपने साथियों को और अपनी कुर्सी पर बैठा रह गया।

वे जहाँ खड़े थे, वहीं खड़े रह गये थे। वे शायद आयशा को जानते थे। शायद इसीलिए चुप थे।

'यह यहाँ क्या कर रही है?' उसे क़रीब पाकर जो ख़ुशी मेरी नसों में फैलनी शुरू हुई थी, घबराहट में घुलकर अजीब-सी हो गयी। मेरे मुँह से एक शब्द भी नहीं निकला। अशोक का क़िस्सा जहाँ का तहाँ थम गया। मानो चन्द्रभागा का पानी बहते-बहते थम गया हो।

उसने मुझे आश्चर्य से देखा और दोबारा बोली, 'इसे कैसे किया जायेगा, सुर्ख़ क़मीज़ साहब!' उसकी चोटी उसके हाथों के पास से लटकते हुए मेरी डेस्क पर आ ठहरी थी। मैंने चुपचाप उसके हाथों से कॉपी ली और उस पर लिखे सवाल को हल कर उसे वापस पकड़ा दी। मुझे लग रहा था कि सारे लोग मुझे ही देख रहे हैं। जैसे ही कॉपी उसके हाथों में पहुँची, वह मुझ पर झुकी और चहकती हुई-सी बोली, 'आपके हाथ क्यों काँप रहे हैं सुर्ख़ क़मीज़ साहब!' जब तक मैं अपना सुर्ख़ पड़ गया चेहरा ऊपर करता, आयशा जा चुकी थी। उसके खड़े होने की जगह की हवा झीने रेशम के कपड़े की तरह हिल रही थी। मुझे रह-रह कर वह झीना कपड़ा अपने चेहरे को छूता हुआ महसूस हो रहा था।

कुछ और पल बीते, मुर्शिद की आवाज़ में चन्द्रभागा फिर बहने लगी, फिर कलिंग में ख़ून बिखर गया, फिर कानों में कराहें सुनाई देने लगीं। आयशा इसी तरह कई बार अचानक क्लास में आ जाती। मैं अवाक उसकी ओर देखता रहता, वह मुझ पर झुकती और धीमी आवाज़ में मेरा मज़ाक उड़ाते हुए मुझसे कुछ कहती और अपनी कॉपी लेकर दरवाज़े से हवा की तरह बाहर निकल जाती।

मैंने बाद के बरसों में कई संकेत-स्थलों के बारे में पढ़ा। आप तो जानते होंगे, आख़िर संस्कृत के अच्छे-ख़ासे आलिम जो हैं, वहाँ मिलने की आठ जगहें बताई गयी हैं, पर उनमें भरी क्लास का तसव्वुर तक नहीं है। पर क्या वह हमारे मिलन की जगह थी? शायद मेरे लिये... पर क्या उसके लिये भी? कौन जाने। क्या आप उस जगह को मिलने की जगह नहीं कहेंगे, जिसमें हमेशा उसके आने का इन्तज़ार लहराता हो रेशम के झीने कपड़े की तरह! कँपकँपाता हो... मेरे शरीर की सिहरन की तरह!

वह झटके-से अपनी सीट छोड़कर उठ खड़ा हुआ। वह दोनों ओर की सीटों पर हाथ रखते हुए चल रहा था मानो ख़ुद को गिरने से बचा रहा हो। वह भूल ही गया था कि हमारी सीट के पास का पेशाबघर पीछे छूट गया है। वह चलता-चलता जहाज़ के आख़िरी सिरे पर पहुँच गया। मैंने नीचे देखा, उसके जूते सीट के नीचे रखे थे। बल्कि पड़े थे... अब वह दिखाई नहीं दे रहा था। मैं भी अपनी सीट से उठा और पास के पेशाबघर के पास खड़ा हो गया। मेरे आगे एक बूढ़ी गोरी औरत थी। वह मेरी ओर मुड़ी और मुस्कराते हुए अँग्रेज़ी में बोली, 'सारी रात सुनते हुए बीत गयी!' मैं कुछ कहता इससे पहले ही वह पेशाबघर के भीतर चली गयी। जब मैं अपनी सीट पर लौटा, वह आ चुका था,

'...आप कहाँ चले गये थे?'

'सिगरेट पीने!'

वह हँसने लगा पर उसकी हँसी की दरारों से उसकी उदासी बाहर झाँक रही थी। उसके चेहरे पर किसी अपशकुन का साया पड़ता लग रहा था। उसे अपने चेहरे की पेशियों को ढीला रखने के लिये ख़ासी मशक़्क़त करनी पड़ रही थी।

'मैं तो सीधे कॉलेज जाऊँगी!' वह बोली '...यह न स्कूल में पढ़ेगी, न तुम्हें ठीक से पढ़ने देगी,' उसकी अम्मी यह कहते हुए भीतर जाने लगीं। आयशा कहीं और देखते हुए ज़ोर से बोली कि अम्मी भी सुन लें, 'ये जनाब इतना घबराते हैं, हरदम डरते रहते हैं कि कहीं वह चुड़ैल फिर से क्लास में न आ जाये? कोई इनसे पूछे क्लास होती काहे के लिये है? पढ़ने को ही न! मैं वहाँ इनसे पढ़ने ही तो जाती हूँ, फिर ये इतना ख़ौफ़ क्यों खाते हैं?'

वह यह सब चेहरा मटका-मटका कर कहती। उसके कुछ बालों के गुच्छे चोटी से अलग होकर चेहरे के दोनों ओर अँधेरे की लकीरों की तरह लटकते रहते। आँखों में शरारत होती पर वह ऊपर का सच था। बिल्कुल ऊपर का सच। दरअसल उसकी आँखों की गहराई में कुछ अजीब-सा था, मानो वहाँ अँधेरे में खड़ा कोई मुझे अपने पास बुला रहा हो। पर क्या यह मेरा वहम था? कौन जाने, कहाँ वहम ख़त्म होता है और हक़ीक़त शुरू। वे बोलती हुई आँखें उतनी नहीं थीं, जितनी बोलते-बोलते रुक गयी आँखें, बात के बीच में ठहरी हुई-सी। शायद इसीलिए उनमें ऐसा खिंचाव था कि मैं उन्हें देखता ही रह जाता था।

...और उसके लफ़्ज़? मैं चुपचाप उसके मुँह से बाहर आये हर लफ़्ज़ को इस तरह सोखता जाता मानो वे तपती ज़मीन पर पड़ती पानी की बूँदें हों। मेरे मन में उसके बोले हुए लफ़्ज़, उसके बोलते हुए मुँह से अलग हो जाते... मानो वह बिना कुछ बोले मुँह चला कर वहाँ से चली गयी हो और उसके जाने के बहुत बाद उसके लफ़्ज़ न जाने कहाँ से मेरे मन में दाख़िल हो वहाँ गूँजने लगे हों। वे जैसे ही गूँजना शुरू करते, मैं झटके-से सामने देखता। वहाँ कुछ नहीं होता, सिर्फ़ हॉस्टल की खिड़की के बाहर का झीना-सा अँधेरा, जिसमें पास के दरख़्तों की सरसराहट घुली होती...।

वह इसी तरह क्लास में आती रही और मैं अपनी चुग़द हालत के बारे में उसे कुछ नहीं कह पाया। वह आकर चली जाती और मेरे साथी तरह-तरह से मेरा मज़ाक बनाने में जुट जाते। पर आश्चर्य, मुझे वह सब ज़रा भी याद नहीं। वे आवाज़ें आपस में गुंथकर शोर का गोला-सा बन गयी हैं, जो नामालूम रास्तों से मेरी ज़िन्दगी से बाहर लुढ़क गया है। ये महीनों का नहीं, कुछ बरसों का वाक़या है। आयशा के तरह-तरह के सवाल अचानक मेरे सामने आते... मैं चुपचाप उठकर क्लास के बाहर हो जाता... मुर्शिद चुपचाप देखते रहते... आयशा से वह कह भी क्या सकते थे।

सवाल हल होते ही वह एक पल भी नहीं रुकती... भागकर घर चली जाती। मैं क्लास के बरामदे में किसी दरख़्त-सा खड़ा रह जाता। मैं अपनी घबराहट के साथ क्लास के बीच उसके आने का इन्तज़ार करता रहता। मौसी के घर जाना लगभग बन्द हो गया था। छुट्टियाँ आतीं और चली जातीं। वे ही कभी-कभी हॉस्टल आ जातीं। मुझे कहीं बाहर खाना खिलाने ले जातीं। मैं बिना कुछ बोले उनके साथ बना रहता। '...ये तो अब बोलता ही नहीं', वह मेरे पिता से कहतीं, जो कभी-कभी उनके साथ मुझसे मिलने आ जाते। पर उन्हें इसकी परवाह नहीं थी। वह मेरे स्कूल का कैम्पस देखकर ही ख़ुश थे। उनकी मेरी हालत से ज़्यादा स्कूल की इमारत में दिलचस्पी होती। वह बेहतरीन थी, सो मैं भी ठीक था।

मैं धोखे से भी आयशा का ज़िक्र उन लोगों के सामने नहीं करता था। मुझे लगता था कि ऐसा करके मैं उसे भी इसी बेवजह के संसार में घसीट ले आऊँगा। मैं उनके साथ रहता और वह मेरे भीतर की सिलवटों में छिपी रहती। ...छिपी? ...उसका वहाँ होना मुझे कुरेदता रहता ...घायल करता रहता ...पर इसमें उसकी क्या ग़लती थी? यह तो मेरे साथ हो रहा था... मैं ही उसे भोग रहा था।

'मुझे बाज़ार ले चलो!' वह बोली। मैं क्लास के बाहर खड़ा होकर उसकी कॉपी पर सवाल सुलझा रहा था। मुझे लगा कि वह किसी और से बात कर रही है। मैं सवाल से घिरा खड़ा रहा। 'मुझे बाज़ार लेकर चलो', मुझे फिर सुनाई दिया। मैंने धीरे से सिर उठाया। पास में कोई नहीं था। दूर सड़क पर एक लड़की साइकल पर जा रही थी। गमले का गुलाब हवा के धागों में उलझा पड़ा था। मुझे कुछ और देर लगी, यह समझने में कि ये अल्फ़ाज़ मुझसे ही कहे जा रहे हैं।

मैंने धीरे-धीरे उसकी ओर अपनी नज़रें घुमायीं। पहले मैंने उसके पैरों की ओर देखा, फिर बहुत संभलते हुए ऊपर की ओर देखना शुरू किया, मानो मुश्किल से सीढ़ियाँ चढ़कर ऊपर जा रहा हूँ। मैं उसकी आँखों को देखने से डर रहा था। कहीं उनमें मेरा मज़ाक न हो? पर वह सचमुच बाज़ार जाना चाहती थी, वह भी मेरे साथ। मुझे इसका तस्व्वुर भी नहीं था। स्कूल का वक़्त ख़त्म हुआ और वह मेरी क्लास के बाहर खड़ी थी। उसकी दो चोटियां उसके चेहरे के दोनों ओर स्याह झरनों की तरह बहती हुई नीचे गिर रही थीं।

हाथ में छोटा-सा बैग था, जिसमें बहुत-सी कॉपियां ठुंसी थी। मुझे देखते ही आयशा बाज़ार की ओर चलने लगी। वह कुछ बोल भी रही थी लेकिन मुझे सिर्फ़ अपने कानों में अपनी रगों में भागते ख़ून की आवाज़ सुनायी पड़ रही थी। आसपास की कोई भी आवाज़ मेरे लिये नहीं थी। मैं भीड़ भरे इलाक़े से भी यूँ गुज़र रहा था मानो किसी वीराने में क़दम बढ़ा रहा हूँ।

'ठहरिये जनाब, यहीं जाना है।' वह कुछ कह कर मुड़ गयी थी। मुझे जब तक समझ में आया, वह काफ़ी दूर निकल चुकी थी। उसने किसी दुकानदार को अपने हाथ का बैग दिया और वापस चलने लगी। 'सुर्ख़ क़मीज़ साहब, यह आपके लिये है।' उसके

हाथों में दो आइस्क्रीमें थीं। उसके बढ़े हुए हाथ में एक आइस्क्रीम पिघल रही थी। मैंने तेज़ी से आइस्क्रीम की ओर हाथ बढ़ा दिया। मेरा हाथ आयशा के हाथ से टकराया और आइस्क्रीम हवा में उछल गयी।

'...आप बिना गिराए कुछ खाते नहीं! उसे रहने दीजिए! आप यह ले लें, मैं दूसरी लेती हूँ।' आइस्क्रीम ज़मीन पर नहीं मानो मेरी पलकों के बीच पिघल रही हो!

उसका गला रुँध गया था। उसने अपनी लाल होती आँखों को छिपाने के लिये लम्बी जमुहाई ली। वह देर तक नीचे देखता रहा और झूठी जमुहाई लेता रहा। उस पल लगा ही नहीं कि हम हवा में उड़ते हुए आगे जा जा रहे हैं। वह पल था, जब सब कुछ थमा हुआ-सा जान पड़ा।

पौ फटने लगी थी। बेहद हल्की-सी लाली ने आसमान की स्याही की जगह लेना शुरू कर दिया था। मैं जान-बूझकर बाहर ताक रहा था कि वह ख़ुद को संभाल ले। मुझे लगा अब वह देर तक बोल नहीं पायेगा। पर ऐसा नहीं हुआ।

'घर पहुँच कर उसने मुझे फ़ाटक से ही विदा कर दिया। बेहोशी में चलता हुआ मैं हॉस्टल के अपने कमरे में आ गया। मैं खिड़की के साथ लगी कुर्सी में धंस गया। मैं जो भी किताब खोलता, मुझे उस पर पिघलती हुई आइस्क्रीम नज़र आती और उसकी आवाज़ कहीं बिल्कुल पास से आती हुई सुनाई देती: आप बिना गिराए कुछ खाते नहीं। मैं भागकर उसके घर पर जाकर उससे माफ़ी माँगना चाहता। कभी यह चाहता कि मैं इतनी दूर चला जाऊँ कि वह मुझे फिर कभी देख ही न पाये। या शायद मन ही मन मैं यह चाहता था कि वह मुझे खोजती फिरे और मैं कहीं छिप कर उसे ऐसा करते

देखूँ। आख़िर मैं उठ खड़ा हुआ और आयशा के घर की ओर चल दिया।

अम्मी बाहर जाती मिल गयीं। वे मुझे देखकर रुक गयीं और बोली, 'बड़े दिनों से आये नहीं। आजकल क्या ज़्यादा ही पढ़ाई चल रही है। क्यों न हो, यह आपका स्कूल का आख़िरी बरस जो है। आयशा भी पूछ रही थी।' हम बात करते-करते उनके घर से दूर निकल आये। उन्होंने अचानक दूसरी राह पकड़ी और मुझे 'अलविदा' कहकर उस ओर मुड़ गयीं। यानी आयशा इन्हें बिना बताए मेरे साथ बाज़ार गयी थी। यह ख़याल आते ही मैं डर गया, मानो मैंने कोई चोरी की हो।

मेरी घबराहट बढ़ गयी पर साथ ही सर्द पानी का झरना-सा भीतर बहता हुआ महसूस हुआ! कल-कल बहता हुआ झरना...। उस बहते पानी में मुझे सारा ख़ल्क़ दिखाई नहीं, महसूस हो रहा था। अब मैं गोल धरती पर नहीं चल रहा था, गोल धरती मुझमें, मेरे भीतर बहते झरने में तैर रही थी। धरती या उसका अक्स! कौन जाने और किसकी इसे परवाह थी।

मेरे पाँव हॉस्टल की दूसरी ओर मुड़ गये। अँधेरा छाने लगा था। यह तो रोज़ होता था पर उस दिन मुझे स्याह दरख़्तों में दीयों की तरह टिमटिमाते जुगनू दिखाई दिए। झींगुरों के मिले-जुले सुर कोई अटूट नग़मा बना रहे थे। कभी कहीं दूर से कोई परिन्दा चीखता तो लगता वह किसी को आवाज़ दे रहा है। झाड़ियों में दुबक कर बैठा अँधेरा यूँ लगता कि अभी उछल कर आसमान में ग़ायब हो जायेगा और तब देखते ही देखते यही झाड़ियां ख़ूबसूरत रोशनी में नहाई नज़र आने लगेंगी।

मैं चलता जा रहा था, मानो अपने भीतर के झरने में बहता चला जा रहा हूँ। कहीं दूर उफ़क़ पर अधूरे-से चाँद का आग़ाज़ हुआ। उसने

भी मेरी हस्ती के रेशे-रेशे को झंकृत कर दिया। आप इस पर ज़रा भी हैरत न करें। मैं वही कह रहा हूँ, जो मुझ पर गुज़र रही थी। यह कहना कितनी पिटी हुई बात लगेगी पर मुझे बार-बार लगता है कि वक़्त उसी रात हमेशा के लिये क्यों नहीं ठहर गया। इसमें क्या शक है कि यह किस क़दर पिटी-पिटाई बात है पर इस पर ग़ौर करना चाहिए कि कई बार हमारी हसरतें इन्हीं पिटी-पिटाई बातों में ही आख़िर क्यों आकार लेती हैं?

मैं सारी रात गहराते आसमान और ताम्बई से उजले होते चाँद के साये में भटकता रहा। पैर कहीं थमना ही नहीं चाहते थे। शायद यह पहली बार था, जब मैं इतनी रात गये शहर घूम रहा था। सड़कें सूनी पड़ी थीं, कभी-कभी कोई इक्का-दुक्का साइकल सवार गुज़र जाते। कहीं फुटपाथ खाली पड़े थे, कहीं उन पर लाइन से लोग सोये पड़े थे। किन्हीं घरों के आगे गायें बैठी थीं। कुत्ते रह-रह कर भौंकते पर तब भी सारे शहर में सन्नाटा गूँजता हुआ महसूस होता था। मानो शहर में चुप्पी छा जाने के बाद अन्तरिक्ष की आवाज़ों ने सन्नाटों में पनाह ले ली हो।

मैं शहर की सड़कों पर भी चल रहा था, आकाशगंगा में भी भटक रहा था। जब मैं हॉस्टल पहुँचा, चौकीदार फाटक पर सिर धरे सो रहा था। जैसे ही मैं बिस्तर पर लेटा, मेरे बदन को थकान ने अपने आग़ोश में लेना शुरू कर दिया। उस रात मैं महज़ सोया नहीं था, बल्कि अपने भीतर उफ़ुक़ तक फैले दरिया के ठहरे ठण्डे पानी पर सीधा लेटा था और मन की हज़ारों गांठों को मानो कोई नर्म अँगुलियों से खोलता जा रहा था।

आयशा आती रही, हम कभी बाज़ार, कभी चिड़ियाघर, कभी पुरानी इमारत देखने जाते रहे। वह हर बार कोई काम हाथ में लेकर आती, उसे पूरी शिद्दत से मेरे सामने रखती। फिर मेरे साथ

कभी यहाँ जाती, कभी वहाँ। हम जहाँ भी जाते, वहाँ से लौटते समय स्कूल से बहुत पहले वह चलते-चलते बिना कुछ कहे यकबयक अपने घर की ओर मुड़ जाती और कुछ इस तरह घर को चल देती, मानो अकेली ही बाहर गयी थी। मैंने उसके घर जाना लगभग बन्द कर दिया था। शायद इक मर्तबा गया था। अम्मी ने हमेशा की तरह बहुत लाड़ से मुझे बैठाया और आयशा को पानी लाने को कहा।

वह पानी लेकर आयी और अम्मी से मुख़ातिब होकर बोली, 'ये लाट साहब कहाँ ग़ायब रहते हैं। लगता है इन्हें अपनी बादशाहत से फ़ुर्सत नहीं मिलती!' अम्मी उसे झिड़कते हुए मुस्कराईं, 'तुम फिर इसे चिढ़ाने लगीं। पढ़ाई में जुटा होगा। तुम्हारी तरह यहाँ-वहाँ घूमता नहीं फिरता।' अम्मी के यह कहते ही आयशा ने हल्के-से मुझे देखा और भीतर चली गयी। उसकी तिरछी नज़रें थोड़ी-सी देर हवा में डोलती रहीं फिर जैसे वहीं बिखर गयीं।

एक दिन वह बोली, 'तुम्हारे इम्तिहान हैं, अब मैं नहीं आया करूँगी।'

'क्यों?' उसकी मौजूदगी में पहली बार मेरी जुबान से कोई सवाल निकला। वह कुछ देर तक मुझे देखती रही, फिर मेरे हाथ को अपने हाथ में लेकर बोली, 'यूँ ही' और घर की ओर मुड़ गयी! मैं जहाँ खड़ा था, वहीं खड़ा रह गया। मेरा मन बार-बार करता कि उसके जाने के रास्ते की ओर सिर घुमा लूँ पर अपनी घबराहट में मैं सिर नीचे किये, उसे दूर जाते महसूस करता रहा। मेरी सोच में वह न जाने कब तक जाती रही और मैं न जाने कब तक वहाँ उस मैदान के किनारे खड़ा रहा। पता नहीं कितना वक़्त बीत गया कि मैंने सुना, कोई कह रहा है, 'बरख़ुरदार, यहाँ क्या कर रहें हैं?' हमारे हिसाब के मुर्शिद थे। मैं कुछ देर उन्हें ताकता रहा फिर तेज़ चल कर वहाँ से चला गया।

इम्तिहान आये और चले गये... इन सारे दिनों में आयशा की कोई ख़बर नहीं थी। न वह आयी, न मैं वहाँ जाने की हिम्मत जुटा पाया। फिर गर्म मौसम में इन्तज़ार के रेशे सेमल के रेशों की तरह इधर-उधर फैलने लगे। मुझे ख़ुद नहीं पता था कि मैं उनके यहाँ जाने से क्यों डर रहा हूँ। यह ज़रूर है कि मैं रोज़ सुबह उनके घर जाने के लिये तैयार होता पर सोचता कि वहाँ जाने से पहले कहीं और घूम आता हूँ, वहाँ फिर चला जाऊँगा।

मैं शायद जान बूझकर शहर के दूर-दराज़ इलाक़ों में निकल जाता। मैं उन जगहों में भटकता रहता, जहाँ उसके आने की गुंजाइश होती। वह वहाँ कभी नहीं आयी। मैं भटकते हुए शाम को कमरे पर लौटता और यह सोचता कि अब कल चलेंगे। स्कूल की पढ़ाई ख़त्म हो रही थी। मौसी रोज़ फोन करतीं, 'अब आगे कहाँ पढ़ना है?' मैं कोई जवाब नहीं दे रहा था। मैं इन्तज़ार कर रहा था। काहे का? कौन जाने, मैं जानता भी था या यूँ ही धुन्ध में भटकता जा रहा था। मैं अभी आया...'

वह उठा और तेज़ चलते हुए जहाज़ के आख़िरी छोर तक गया। और उसी तरह तेज़-तेज़ चलते हुए वापस आ गया। उसके चलने की आवाज़ से बीच के कुछ मुसाफ़िर जागकर उसे देखने लगे। पर वह सीधे सामने नज़रें गड़ाये था। वह उतनी ही तेज़ी से अपनी सीट पर आकर बैठ गया। मैं समझ गया, उसे सिगरेट की तलब लग रही है। दरअसल उसकी सिगरेट की तलब अब मुझ तक को हो रही थी,

'मैं शहर भटक कर एक शाम अपने कमरे में पहुँचा। वहाँ दरवाज़े पर सिर टिकाए आयशा के घर का नौकर सो रहा था। इसे क्या हुआ है? मैंने सोचा, पर उसे देखकर मेरा मन ख़ुशी से भर गया। ज़रूर यह आयशा का पैग़ाम लाया है। या अम्मी का? किसी भी

हाल में आयशा से मुलाक़ात हो जायेगी। मेरे मन में हड़बड़ी मच गयी। पर इसे उठाया कैसे जाये? उसका सिर दरवाज़े पर टिका था और पैर दरवाज़े के सामने फैल गये थे। आधे खुले मुँह से साँस अन्दर जा रही थी, बाहर आ रही थी।

मुझे चैन नहीं आ रहा था। मैं थोड़ा-सा झुका और धीरे से उसके कन्धे को छुआ। उसे बिजली का-सा करंट लग गया। वह नींद की पतली-सी सतह पर बैठा हुआ था, मेरी छुअन से वह सतह टूटकर बिखर गयी थी। आंखे खोलते ही वह बोल उठा, 'भैया आपको बीबी जी ने बुलाया है, तुरन्त!'

'किसने?' मैंने पूछा।

'आयशा बीबीजी ने।'

'तुरन्त', मेरे दिमाग़ में कौंधा। इस 'तुरन्त' के क्या मायने हो सकते हैं? क्या हुआ है? और यह 'तुरन्त' कहीं बीत तो नहीं गया है? मेरा मन शंकाओं के भँवर में उलझ गया। 'तुम कब से इन्तज़ार कर रहे हो?'

'देर हो गयी! पर बीबीजी ने हिदायत दी थी कि बिना कहे मत आना, सो यहीं पड़ गया। आंख तो अभी हाल में लगी थी।'

मैं मुड़ा और उनके घर की ओर भागने लगा। 'भैया जी, ठहरो तो, मैं भी आ रहा हूँ!' उसकी आवाज़ मुझे पीछे आती हुई सुनाई दे रही थी। मैं भाग रहा था। पूरा का पूरा चाँद आसमान में उग आया था। उसकी गाढ़ी रोशनी मेरी परछाई को मैदान में फेंक रही थी। मैं अपनी परछाई को रौंदता हुआ भाग रहा था। उसका घर आने के थोड़ा पहले मैं थम गया। सामने खिड़कियों से रोशनी बाहर झर रही थी। दरख़्त के पीछे से किसी ने मेरा हाथ पकड़ मुझे वहाँ खींच

लिया। मैं डर गया। दरख़्त के स्याह अँधेरे में कोई साया डोला। जैसे ही अँधेरा झीना पड़ा, मैंने देखा आयशा मेरे सामने खड़ी थी। उसकी दोनों चोटियां उसके सामने डोल रही थीं।

उसने अपने दो हाथों में मेरे दोनों हाथ पकड़ लिये। दूर से नौकर की आवाज़ सुनाई दे रही थी, 'बीबीजी भैया जी आ गये हैं! अब मैं घर जाऊँ?'

मैं उसकी साँसों के इक-इक रेशे को अपने बदन पर सरकते महसूस कर रहा था। उसकी छुअन मेरे हाथों में पिघलकर मेरी इक-इक रग में फैलती जा रही थी। बेजुबान के जैसा मैं उसे एकटक देखे जा रहा था। अँधेरे में उसकी आँखें चमकना शुरू हो गयीं। वह उन्हें लगातार मुझ पर गड़ाये थी। उसके हाथों की पकड़ तेज़ हो गयी और वह बोली, 'अब हम कभी नहीं मिलेंगे, तुम आइन्दा यहाँ मत आना!'

शायद उसकी पलकों के बीच पानी इकट्ठा हो गया था। उसके यह बोलते ही उसकी आँखों से मानो दो तीर निकलकर मेरी आँखों में धंस गये। मेरे सीने में तेज़ हूक उठी। मैं कुछ कहूँ, इससे पहले ही उसके हाथों की पकड़ ढीली हो गयी। अँधेरे में मेरे हाथ बहुत धीरे-धीरे नीचे गिरते हुए मेरे बग़ल में आकर लटक गये। वह दरख़्त के घेरे से बाहर निकल गयी। मैं ठगा-सा वहीं खड़ा रह गया। उसने घर का फाटक खोला और घर की गहराइयों में ग़ायब हो गयी। मैं दरख़्त के नीचे बैठ गया। मेरी पलकें मुँदने लगीं। पर जैसे ही वे नीचे आतीं, आयशा की चमकती आँखों से निकलते तीर मुझे दोबारा घायल कर देते। मैं न जाग पा रहा था, न सो पा रहा था। बरसों बीत गये। न जाग पा रहा हूँ, न सो पा रहा हूँ...'

उसकी आँखें भीग आयी थीं। अश्कों के बहने से उसे अब शर्म महसूस नहीं हो रही थी। उसे शायद यह पता नहीं था कि उसके गाल भीगते चले जा रहे हैं। मैं बार-बार आयशा के इंकार की ओर जाना चाहता पर उसकी निस्सहायता को जानकर वापस लौट आता। अश्कों की धार मोटी होती जा रही थी।

सूरज अभी भी उफुक़्क़ की ओट में था। बादलों की चारों ओर फैली रूई पर सुबह का उजाला गिरने लगा था। सब ओर खुला-खुला-सा नज़र आ रहा था मानो हम किसी बड़ी-सी सुरंग से बाहर निकल आये हों। जहाज़ के भीतर की बत्तियाँ जलायी जा रही थीं। हम पेरिस हवाई अड्डे पर उतरना शुरू कर रहे थे।

• • •